中华

ZHONGHUA HUN

魂

百部爱国故事丛书

中国光学科学的奠基人

——著名科学家王大珩

马晓丽 编著

吉林人民出版社

图书在版编目（CIP）数据

中国光学科学的奠基人：著名科学家王大珩／马晓
丽编著．-- 长春：吉林人民出版社，2011.3（2025.4重印）
（中华魂·百部爱国故事丛书）

ISBN 978-7-206-07568-1

Ⅰ．①中… Ⅱ．①马… Ⅲ．①故事—中国—当代

Ⅳ．① I247.8

中国版本图书馆 CIP 数据核字 (2011) 第 032635 号

中国光学科学的奠基人
——著名科学家王大珩
ZHONGGUO GUANGXUE KEXUE DE DIANJI REN
——ZHUMING KEXUEJIA WANG DAHENG

编　著：马晓丽

责任编辑：李　爽　　　　封面设计：孙浩瀚

制　　作：吉林人民出版社图文设计印务中心

吉林人民出版社出版 发行（长春市人民大街7548号　邮政编码：130022）

印　刷：北京一鑫印务有限责任公司

开　本：787mm×1092mm　　1/16

印　张：8　　　　字　数：64千字

标准书号：ISBN 978-7-206-07568-1

版　次：2011年3月第1版　　印　次：2025年4月第3次印刷

定　价：35.00 元

总　序

　　《中华魂》是一套故事丛书。它汇集了我国自鸦片战争以来一百八十余年间的近百位民族英雄、仁人志士、革命领袖、先进模范人物的生动感人事迹，表现了他们作为中华儿女的伟大的爱国主义精神。

　　爱国主义是人们对于"生于斯、长于斯、衣食于斯"的祖国的一种神圣感情，是人们对于自己民族的一种强烈的责任感和使命感，是感召和激励整个中华民族的一面永不褪色的旗帜。在一百多年的中国近现代史上，爱国主义一直激励着中华儿女为祖国的独立、统一、进步和繁荣而英勇奋斗。从"苟利国家生死以，岂因祸福避趋之"的林则徐，到"我自横刀向天笑，去留肝胆两昆仑”的谭嗣同;从“铁肩担道义,妙手著文章”的李大钊,到“青春换得江山壮,碧血染将天地红”的赵一曼;从“县委书记的好榜样”的焦裕禄,到“问鼎长天,扬我国威”的邓稼先……都表现出了强烈的爱国主义精神。正是由于热爱祖国的人们前仆后继地奋斗,国家和民族才得以生存,才能够在一次次历史危急关头转危为安,走向兴盛和富强,从而屹立于世界民族之林。爱国主义是鼓舞中华儿女历经忧患、跨越沧桑、百折不挠、自强不息的伟大力量,它贯穿于中华民族的整个历史,并有力地凝聚着五洲四海的中国人。

爱国主义是一个历史的范畴,在社会发展的不同阶段、不同时期有不同的具体内容。革命时期,需要我们为祖国的独立自主出生入死;建设时期,需要我们为祖国的繁荣富强增砖添瓦。在全国各族人民团结一心,开启全面建设社会主义现代化国家新征程的今天，我们要争做一名新时期的爱国者。新时期的爱国者要有强烈的民族自尊心、自豪感。民族自尊心、自豪感是任何时期、任何爱国者都必须具备的情感。民族自尊心能增强我们自立向上的恒心，民族自豪感能树立我们建设祖国的信心。要树立"祖国高于一切"的崇高信念，为了祖国和人民的利益不惜抛却个人的利益，甚至不惜牺牲个人的生命。我们要树立终身学习的理念，拓宽自己的知识面，广泛吸收新知识、新技术，完善自身的知识结构，更新学习知识的方法与理念，从思想上、知识上充分武装自己，为祖国的繁荣昌盛贡献力量。

　　爱国主义思想的继承和发扬，是关系到民族盛衰、国家兴亡的根本问题。爱国主义思想情操的形成，需要不断地培养。培养爱国主义精神的一个重要途径是向英雄人物和典范事迹学习和致敬。这套丛书的出版,对于青少年向英雄和先进人物学习,特别是对于在中小学生中进行爱国主义教育是不可多得的生动的教材。祝愿此书出版发行成功,为培养时代新人做出贡献。

胡维革

中华魂

百部爱国故事丛书

编 委 会

　　在科学领域中，有许多事情是需要有人牺
牲自己去做的，它也许会剥夺你某一方面的能
力，甚至会埋没你，但它同时也会造就你，给
你展示出另一番天地。

——王大珩

目　录

中华魂 百部爱国故事丛书
ZHONGHUA HUN

从清华园到留英十年

王大珩原籍江苏苏州，生于日本东京。

17岁的王大珩带着简单的行李，独自站在清华大学的校门前。他定了定神，抬头看了一眼悬挂在门楣上方的那几个出自清末要臣那桐之手的大字：清华学堂。而后微笑了一下，迈开大步走了进去。

1932年，王大珩高中毕业报考大学。

在父亲的支持下，王大珩一口气报考了三所大学：南开大学、青岛大学和清华大学。过了不久，报上陆续刊出了各大学的录取通知，他竟被这三所大学同时录

20世纪60年代的王大珩

中国光学科学的奠基人
——著名科学家王大珩

取了！王大珩在南开大学和青岛大学都考了个第1名，在清华大学考了个第15名。

"当然要上清华大学！"父亲用不容置疑的口气说。

临行前，王大珩去向父亲辞行。父亲没出来送王大珩。父亲知道从此儿子再也不需要他了。儿子上的是一流的学校，儿子今后将在一流教授的辅导下继续深造。父亲只对王大珩说了一句话："好好学。无识无能便无以自立自强，不自立自强者必遭欺辱，此为公理。人、家、国，莫不如此。"

王大珩从此走进了清华园。走出了在他一生中起着决定性作用的第一步。

1936年，王大珩以优异的成绩毕业于清华大学物理系。不知是命运的安排还是巧合，毕业时，王大珩在叶企孙先生的指导下做了一个光学方面的论文。从表面上看，这个毕业论文似乎与王大珩后来从事光学事业没有什么直接的联系，但它与王大珩幼年时从水碗中看到的光学现象一样，毕竟都是王大珩生命历程中的一个点。而一个人的生命轨迹往往就是由这许许多多看起来仿佛毫无联系的点连缀起来的。

毕业后，王大珩先是留在清华当了半年助教，后来因考上了"史量才奖学金"，就转而读研究生了。

"史量才奖学金"是当时的上海《申报》老板史量才为研究生设立的，清华大学每年只给两个名额，物理系当年只有一个名额。王大珩考得了"史量才奖学金"后，立刻转到赵忠尧先生门下读核物理专业的研究生。按一般规律，王大珩今后的发展方向就是核物理学了。如果不发生特殊情况，王大珩理应成为一个核物理学家的。

但是，就在王大珩专心致志地埋头于核物理学的研究时，1937年7月7日，北平西南郊卢沟桥头，震惊中国和世界的"七七事变"爆发了。这场战争把本来就伤痕累累的中华民族突然推进了血与火的灾难之中，它强行改变了中国的命运，也不可避免地改变了许许多多像王大珩这样的中国人的命运。

"七七事变"的当天，王大珩正在实验室里，与赵忠尧先生一起做一个核物理中有关中子方面的实验。这突然而至的消息，如同中子弹爆炸一般，震惊了在场的所有人。王大珩中止手中的实验，匆匆走出实验室后才发现，华北的天空早已阴云密布，北平已经陷入了一片混乱之中。

蓄谋已久的日本人趁着卢沟桥头未烬的硝烟，正在迅速地从东北调集大批增援部队。一批又一批的日本军队开始大张旗鼓地向华北集结，杀气腾腾地直扑

1935年清华大学物理系部分师生在礼堂前合影

北平。北平危在旦夕！华北危在旦夕！中国危在旦夕！北平城中一片混乱，商店闭市，工厂停工，学校停课。人们四处投亲靠友，纷纷设法逃离北平。火车站、汽车站到处人山人海，车厢里、站台上挤满了急于外出逃难的人。

书是无论如何也念不下去了。王大珩与家人商议后，决定随周培源先生一起，去南方寻找出路。

王大珩随周培源先生全家跟着逃难的人流从天津到青岛，从青岛到上海，又从上海来到了宜兴。一路上，王大珩思绪万千，想了很多很多。过去，他只是从父亲的嘴里听说过惨烈的甲午战争给中国人带来的屈辱，听说过八国联军在中国这块土地上犯下的滔天罪行。但那时毕竟只是听说，没有切身的感受。现在，他亲眼看到了外夷侵略的现实。亲身体验到了亡国的威胁，这一切强烈地冲击着王大珩，父亲早年有意无意地播在他心中的民族责任感和忧患意识，在这强烈的冲击下猛然觉醒了。

到南京后，周先生问王大珩下一步有什么打算？王大珩脱口就说："我要去做国防工作！"看到周先生询问的神情，王大珩解释说："周先生，这一路上我一直在想，现在正值国难当头的时刻，我应该为国家做点什么。我们不是常说，国家兴亡，匹夫有责吗？可是，我实在不知道自己究竟能为国家做点什么。想来想去，我能做到的可能也只有用我所学的那些东西在国防方面尽点力了。我想请您把我介绍到兵工部门去！"王大珩的话音刚落，周培源先生一下子抓住王大珩的手，连声说道："好！好！我们这就去！"周先生当即带着王大珩去找南京弹道研究所的丁天雄所长，推荐王大珩去那里工作。

王大珩告别了周培源先生，带着一腔忧患，抱着满怀希望，来到了兵工署弹道研究所，孤身一人踏上了未卜的征程。

王大珩来到南京弹道研究所仅仅一个月后，日本

人就逼近了南京。王大珩还没来得及参加工作，弹道研究所就撤退了。王大珩只好随撤退的人流一路转到了武汉。

王大珩从南京来到武汉后，暂时留在兵工署工作。但在当时那种兵荒马乱的情况下，兵工署已经无法正常工作了。那一段日子王大珩很苦恼，眼看着江河沦丧，自己却报国无门，有劲使不上。正在这个时候，传来了开始招考赴英国"庚款留学"人员的消息。王大珩毫不犹豫地立刻偷偷前去报名了。

赴英"庚款留学"两年招考一届，每届招收20名。1938年这一届共有400多人参加了报考。这一年的物理专业只有两个名额，一个是理论物理专业，一个是应用光学专业。王大珩因为毕业论文做的是一个光学方面的实验，又由于自己向来对物理实验极感兴趣，便报考了其中的应用光学专业。

考场设在汉口，考试共持续了两天。一走进考场，王大珩就抑制不住地激动起来。很久没进考场了，他喜欢考场里那严肃认真的气氛，喜欢在考卷上挥洒自如的感觉。他审视着卷面上一道道的题，从不同的出题方法和内容上，他几乎毫不费力就能猜出哪些题是出自哪位先生之手。普通物理题一定是吴有训先生出的。而光学题则肯定出自严济慈先生。……王大珩满怀信心地抽出笔，俯在考卷上沙沙沙地一路顺利答了下去。

　　刚考完试，王大珩所在的兵工署就离开武汉撤退到衡阳乡下了。衡阳的乡下很闭塞，住在那里与外界失去了一切联系。里面的人出不去，外面的消息进不来，王大珩被困在乡下干着急。他心里明白，如此下去，即使自己考上了也会因为得不到消息不能按时报到而失去这个机会。眼看着时间一天天地过去，王大珩几乎彻底失望了。就在王大珩已经不抱任何希望的时候，有一天一位同事突然从武汉来了。一见面，这位同事就笑呵呵地朝着王大珩嚷嚷道："请客！请客！"说罢，塞给王大珩一张登载着录取名单的报纸。只看了一眼，王大珩就一屁股坐了下来，长长地吁了口气。

1936年，清华大学物理系毕业生合影

他考上了，但他得到消息的时候距报到时间只剩下一个星期了。

在"庚款留学"带来的中国历史上的第三次留学潮中，一批又一批优秀的中国青年被陆续送到了美、英、法、德等西方发达国家学习。的确如预期的那样，他们中间的绝大多数人后来都在各自的领域中取得了成就。但是，令西方政治家们始料不及的是，这些他们曾经寄予了极大希望的优秀人才，并没有按他们的设想成为西方国家进行文化侵略的辅助工具。这批人才学成之后纷纷回国，竞相为振兴中华民族的科技事业效力。他们中的很多人后来都成了科技领域中各学科的奠基人，在各学科的奠定和发展过程中做出了突出的贡献。正是这批人开拓了新中国的科技事业，推动了新中国科技事业的发展。

初到英国，有一件事给王大珩留下了极深刻的印象。有一次王大珩与一位中国同学一同上街购物。不知为什么店里的老板那天对他们二位格外殷勤。直到临走时他们才搞明白，原来是因为同去的同学那天穿戴的比较讲究，老板错把他们当成日本人了。待到弄清楚他们的身份后，老板的态度就明显冷淡下来。虽然中国和日本同为亚洲国家，虽然中国人和日本人同为黄种人，但在英国人的眼里，日本的经济比较发达，而中国则是个落后的不发达地区，他们理所当然地应该看重日本人，他们理所当然地有理由瞧不起中国人！

落后会使一个国家受到外强的侵略，会使一个国家丧失应有的地位。落后会使这个国家的国民遭受羞辱，会使这个国家的国民丧失人格的尊严。这些过去父亲曾无数次讲过的，今天王大珩都体验到了。王大珩把这一切深深地埋藏在心里，他憋足劲儿一头扎进实验室，把所有的精力都用在了学习上。

王大珩到英国之后，被分配到伦敦大学帝国学院物理系，在技术光学组的实验室里做研究工作。为了学习方便，王大珩在学院附近找了一个"学生店"住了下来。这是一个十分简陋拥挤的"学生店"，王大珩租下了顶层上一个长期没有人愿意租用的小阁楼。小阁楼只有八平方米，里面勉强放进一张床以后，就连再塞一张桌子的地方都没有了。但王大珩对这个住处却十分满意，因为这个住处有一个最大的优点，就是离实验室近。从王大珩的小阁楼到实验室，只需要走五分钟的路。

其实，王大珩也很少有时间回到这个小阁楼里，他几乎白天晚上都埋头于实验室的工作中。在伦敦学习的整整两年的时间里，王大珩就从来没有想到过要

1937年,清华大学物理系部分师生合影

把这个世界著名的城市游览一下,他没去过伦敦的任何一个景点儿,他几乎就没走出过从实验室到阁楼之间那段只有五分钟路程的直线。

帝国学院的同学们很快就对这个小个子的中国留学生刮目相看了。王大珩不仅基础知识扎实,学习成绩优异,而且做实验的动手能力极强。清华大学物理系注重培养学生动手操作能力的教学特点,在这里显示出了极大的优越性。王大珩做起实验来方式方法灵活,仪器设备摆弄的得心应手。同学们有了问题便常常喜欢请他帮忙,同他商量。

在此期间,王大珩发表了他的第一篇学术论文。这是一篇关于光学设计的论文。其中论述了光学系统中各级球差对最佳像点位置和质量的影响，创造性地提出了用优化理论导致以低级球差平衡残余高级球差并适当离焦的论点。直到今天，这篇论文还经常被国内外有关专著加以引用。其中所阐述的一些思想和观点，至今仍是大孔径小像差光学系统设计中像差校正和质量评价的重要依据。日本学者小仓磐夫在近年出版的专著《现代照相机和照相物镜技术》中，不仅全文引用了王大珩的这篇论文，并在其中给予了高度的评价。

两年以后，王大珩以优异的成绩获得伦敦大学科学硕士学位。随后，他开始向下一个目标进攻：攻读博士学位。

王大珩到英国后的第二年，第二次世界大战爆发了。起初，战争距英国还远，一切似乎都没有太多的影响。但法国沦陷以后，战火便开始迅速向英国蔓延。1940年7月，纳粹终于挑起了"不列颠之战"。纳粹德国空军和英国皇家空军的飞机开始整日在英国的上空盘旋交战，战争带着恐怖的喧嚣清晰地闯入了人们的生活。

1940年8月24日夜晚，连续工作了十几个小时的王大珩走出实验室。夏日的月夜很透彻，月光如水，微风把一阵阵清爽撩在他的脸上，疲劳顿时减轻了许

中国光学科学的奠基人

多。王大珩舒展了一下，便向他蜗居的那栋小阁楼走去。

此刻，伦敦市中心的一个电影院刚刚散场，人们正簇拥着走出电影院的大门，走上大街。天晚了，电影院附近的几个小酒馆里，那些喝了一个晚上的人们也被散场的人声唤醒，纷纷起身离座，准备回家去了，市中心的大街上一时竟有了许多的人。

突然，空中响起了一阵飞机引擎的轰鸣声。人们还没来得及抬头看个清楚，两颗炸弹便呼啸着从天而降，一下子落入了人群之中。两声巨响之后，伦敦街头顿时血肉横飞，一片惊呼惨叫。

爆炸声使刚刚走到小阁楼前的王大珩吃了一惊。王大珩停下脚步，向发出巨响的方向望去，远处浓烟滚滚，一种不祥的预感突然紧紧地攫住了他……

据载：1940年8月24日夜晚，两架迷航的德国飞机闯入伦敦上空，扔下两颗炸弹后慌忙逃窜。这是炸弹首次落入伦敦市内。次日，被激怒的丘吉尔首相立刻命令英国皇家空军对柏林进行报复性轰炸。8月25日，由81架轰炸机组成的迄今为止英国皇家空军派出的最大机群空袭了柏林。

不列颠之战迅速升级。

战争又一次在王大珩面前翻开了它那残酷的一页。

伦敦再没有了往日的绅士风度。空袭的警报声越来越频繁地在城市的上空发出哀鸣。人们像蝗虫般拥向深藏在泰晤士河下面的地铁，拥向那些废弃多年的铁路隧道，躲避从天而降的灾难。到处是尸体和鲜血，到处是危险和恐惧，到处是呻吟和哭泣……

　　第二次世界大战是人类历史上最大规模的一次军事冲突，是一场涉及面最广、持续时间最长、破坏性最大、流血最多的战争，也是一场在武器及技术装备上投入最多、发展最快的战争。这场战争第一次动用了大批的飞机、坦克，使用了多种新式兵器和技术仪器，运用了许多最新的科学研究成果。武器，这个战争的宠儿在第二次世界大战的强刺激下，以前所未有的速度迅猛发展起来了。

　　给王大珩带来最直接感受的是光学玻璃在武器中的大量使用。战前，英国的光学玻璃生产量每年只有30吨左右，光学玻璃制造行业在很大程度上是要依靠国家的

补贴来维持的。二战爆发以后，光学玻璃的需求量开始急剧增长，由原来的每年30吨骤然猛增到2000吨。这使王大珩对光学玻璃发生了极大的兴趣。

不可能不发生兴趣，对王大珩来说，能促使他对这些产生兴趣的基础实在是太深厚太悲怆了。它源自100年来使中华民族蒙羞受辱的鸦片战争，源自父亲口中陈述的那场惨烈悲壮的甲午战争，也源自王大珩自己亲身经历的日寇侵华战争。几乎在曾经发生过的所有战争中，中国都不得不用自己的落后来面对敌人的先进，不得不用过时的破旧兵器来面对精良的新式武器。战争，使中国失去的太多太多。落后，也使中国失去的太多太多。因此，在周围的许多人因战争爆发而在考虑回国问题的时候，王大珩却突然萌生了一个念头：战争是个千载难逢的机会，也许，它能使我接触到那些平时所无法接触的工作，能使我学到一些平时所不可能学到的东西。也许，我还能因此而学到光学玻璃！

今天，人们已经无法想象光学玻璃在当年具有怎样宝贵的价值了。在现代生活中，光学玻璃几乎随处可见。经过几十年的发展，光学玻璃早已由科研尖端成果过渡为一种最普通的应用光学材料了。甚至人们走在路上，都时常可以随脚踢到几片废弃的光学玻璃。

但是在当时，光学玻璃却是世界性的尖端产品，它的制造技术是高度保密的。世界上只有英国等少数几个发达国家能制造出光学玻璃来。

王大珩决定到雪菲尔去，因为只有雪菲尔大学设有玻璃制造专业。他决心去那里跟随世界著名的玻璃学家W.E.S.Turner（特纳）教授从事玻璃研究，攻读博士学位。于是，王大珩主动向雪菲尔大学提交了申请。不久后，王大珩终于如愿以偿地来到了雪菲尔大学，进入玻璃制造系继续深造了。

在雪菲尔大学玻璃制造系，王大珩的研究工作一直进展得很顺利。如果不发生特殊情况的话，王大珩获得博士学位应该是轻而易举的。但是一年半以后，正当王大珩专心致志地进行玻璃研究，为撰写博士论文做着种种准备之时，一个偶然的机遇出现在王大珩的面前。这个机遇的出现使一切发生了根本性的改变。

1942年的春天，王大珩在伦敦大学时最要好的同学汉德（W．C．Hvnde）突然到雪菲尔来看望他。汉德是英国最大的玻璃制造公司昌司（Chanc）玻璃公司的雇员。汉德告诉王大珩，昌司公司研究实验部眼下有一个空缺，正好需要一名从事技术光学研究的物理师，他想到了学技术光学的王大珩，就向公司做了推荐。公司对王大珩的条件很满意，他此行就是专程来找王大珩，问他是否愿意接受这份工作的。

　　王大珩听后心中不由悠然一动。昌司玻璃公司是当时世界上最早从事光学玻璃生产的极少数的几个厂家之一。

1943年，王大珩与冶金专家、中国科学院学部委员李薰在英国公寓合影

如果能进入昌司公司工作，就有可能接触到光学玻璃，学到最先进且保密的技术。这个消息太叫王大珩动心了。但是，王大珩这时正在埋头攻读博士学位。他已经在W.E.S·特纳教授的指导下进行了很长时间的课题研究，付出了很多的精力。如果此刻去昌司公司工作，他在雪菲尔这一年半的努力就将前功尽弃，他面前那唾手可得的博士学位就将付之东流。当然，最好的办法是取得博士学位后再去昌司公司工作。但王大珩深知昌司公司的职位可不是随时都有的。一般情况下进昌司公司都极其困难，昌司公司选择雇员十分严格，而且极少录用外国人。若不是在目前这种战争的非常时期，若不是急需人才，这个机会恐怕也不会白白地

送到王大珩的面前。

博士学位和光学玻璃突然同时摆在王大珩的面前，他必须选择其一。

不！应该说，他必须放弃其一。

毋庸置疑，如果仅仅站在个人的角度，王大珩当然应该选择博士学位，因为学位对知识分子来说无疑是太重要了。不论从前还是现在，学位始终都是被作为衡量知识分子含金量的一个重要标志，用它来判定一个知识分子的学识，用它来标明一个知识分子的身价，用它来决定一个知识分子的地位。

但是，如果站在国家的角度来看，似乎就应该选择光学玻璃了。因为对一个国家来说，尤其是对中国这样一个落后的国家来说，掌握先进的科学技术当然显得尤为重要。当时在中国，光学玻璃这个领域不仅仅是落后，而是空白！中国根本就没有光学玻璃！

王大珩选择了。他选择的是他所珍爱的光学玻璃，选择的是他所珍爱的祖国。

王大珩放弃了。他放弃的是唾手可得的博士学位，放弃的是个人利益。

1942年，王大珩来到了伯明翰。

伯明翰是英国精细工业集中的城市，是英国的精

中国光学科学的奠基人

细工业中心，昌司玻璃公司就设立于此。王大珩在昌司公司的职务是研究实验部的物理师，他与另一位物理师共同负责进行玻璃发展方面的研究。直到1948年回国为止，王大珩在昌司玻璃公司工作了整整六年。这段时间是王大珩在英国期间收获最大，也是成就最为突出的一个时期，昌司公司的这段工作经历为王大珩积累了丰厚的经验，为他后来成功地开创事业奠定了深厚的基础。可以说，昌司的这六年使王大珩终身受益。

那么，昌司究竟给了王大珩些什么呢？

首先是眼光。王大珩来到昌司后，一下子就被推到了学科的最前沿。他必须站在这个位置上，时刻关注学科的发展现状，掌握学科的最新动态。不仅如此，他还必须根据所掌握的情况，对学科的发展方向和前景做出具有前瞻性的预测。这种工作的性质就决定了它所培养的绝不是普通的科研素质，而是那种具有高屋建瓴的眼光和超前意识的战略科研素质。

其次是观念。很长时间以来，在科学领域中始终存在着一种所谓纯科学的观念，认为科学研究特别是基础科学研究是纯理论过程，是高于一切的。因此，往往重视理论科学而轻视应用科学，重视科研理论而轻视生产成果。昌司把王大珩一下子送到了科研与生产的结合点上，使王大珩看到了科研与生产的紧密关系，看到了科学技术在生产中的巨大作用，从而使他得以及早地从学院派的传统观念中摆脱出来，为他树立科研为工业为生产服务的思想打下了坚实的基础。

还有一点极为重要的，就是昌司给了王大珩一个特殊的学习环境，培养了他不同于一般留学生的实际工作能力，一般留学生走的都是一条从国内大学到国外大学，从这个实验室到那个实验室的道路。而王大珩则是从理科到应用科学，到昌司以后又进入了工科，进而接触到原材料工业，这些使王大珩的知识面大大地丰富于那些只埋头于书本、实验室的人。使王大珩的各种能力包括实际工作能力、动手操作能力、工程技术管理能力、协调科研与生产关系的能力等都得到

中国光学科学的奠基人

1982年，王大珩发表文章悼念蒋筑英

了充分的锻炼。

王大珩在昌司的工作是卓有成效的。在此期间，他研究了光学玻璃的光谱吸收与褪色；研究了 B20，组分对光学玻璃折射率的影响；研究了光学玻璃不同煺火条件对折射率、内应力及光学均匀性的影响；改进了煺火样品折射率微差干涉测量方法……虽然由于保密的原因，王大珩还有许多研究成果都没有机会得以公开发表。但英国还是真实地记录下了一个叫王大珩的中国人的名字。

至今，在英国还有王大珩的一项专利。那是王大珩到昌司后的第一项科研成果。到昌司后不久，王大珩与他的英国同事一起对玻璃行业的现状进行了研究。经过认真地分析，他们预见到稀土光学玻璃具有很好的发展前途，便及时地开展了稀土光学玻璃的研究。这一项目的开展，使昌司成了英国最早进入稀土光学玻璃领域的厂家，也使他们两个人成了英国最早研究稀土光学玻璃的人。他们的研究成果在英国获得了专利。

1966 年，英国《科学仪器展览会》在天津开幕。众所周知，英国的精密仪器行业起步早，发展快，科学仪器十分先进。人们闻讯从四面八方赶来，兴致勃勃地在英国专家的引导下参观那些精密仪器。当走到一台 V—棱镜精密折射仪面前的时候，英国专家突然提高了嗓音向大家介绍说："请各位注意，现在，我想请各位仔细看一下摆在你们面前的这台V—棱镜精密折射仪。这台性能非常好的仪器是在20世纪40年代由昌司玻璃公司设计出来的，至今，它仍是光学玻璃实验室和工厂沿用的基本测量仪器。我想告诉你们的是，设计这台V—棱镜精密折射仪的是一位中国人。这位中国人因为这项设计曾经获得了英国科学仪器协会颁发的'第一届英国青年仪器发展奖'。当时，获得这项殊荣的只有三位年轻人，而这仅有的三个人中间就有一位是值得你们骄傲的中国人！请记住，他的名字叫王大珩！"

英国是一个等级观念很强的国家。它习惯于严格地按照人的出身、职业、身份、地位把人群划分成不同的阶层——或贵族，或平民，或上流社会，或下流阶层。在这里，不同层次的人群各自有着不同的活动圈子，很难相互交叉，绝少互相来往。但王大珩他们这些留学生则在这个等级森严的社会中处在一个特殊的位置，他们工作在属于上流社会的高等学府，但却栖身于属于下层的平民家庭。

王大珩在英国的十年间几乎一直住在这样的平民家庭中。这是一种双方都认可的互补方式。对王大珩他们这些囊中羞涩的留学生来说，只能租得起这样的

——著名科学家王大珩

中国光学科学的奠基人

1985年，王大珩荣获"科学技术进步特等奖"

便宜房子。而对生活在底层的英国平民来说，若不是生活窘迫，也不会为了几个房租钱而在自己的家里接纳这些来去匆匆的外国房客了。这也许就是王大珩们之所以长期置身于英国的高等学府、科研机构等上流社会，而仍不失平民气的原因之一吧。

五十年代初，王大珩去天津开会，顺便去看小妹。小妹刚刚结婚，在同学的家里借了一间房子住。王大珩到小妹家的时候天已经很晚了，小妹要叫醒同学安排王大珩住下，王大珩怕打扰人家说什么也不让，就在客厅的地板上凑合着睡了一夜。第二天早上，那个同学看到小妹的哥哥蜷缩在客厅的地板上睡觉，心里十分过意不去，一个劲儿地埋怨小妹为什么不叫醒她。而王大珩却毫不在意，边收拾边客气地向人家道谢。两下正说着，来接王大珩开会的车到了。那个同学这才知道小妹的哥哥还是个有名的大教授呢！她吃惊地瞪大眼睛，好半天才冒出了一句话："小妹呀，这就是你那个当教授的哥哥吗？他也不太像教授了，怎么一点架子都没有呢？"

　　与王大珩同时考取留英物理专业的另一个学生是彭桓武。王大珩与彭桓武的关系很好。有一次，彭桓武要来王大珩的住处看王大珩。按照惯例，房客在家里接待客人一般都要先与房东打个招呼。那时彭桓武是都柏林高等研究院的教授。房东问王大珩客人是做什么的，王大珩就如实告诉说是个教授。听说居然要来个有身份有地位的教授，房东一家子立刻振奋起来了。房主人说，这下我可看到教授了，我得好好看看教授是个什么样子。彭桓武来了，穿一套皱皱巴巴的衣服，蹬一双没有光泽的旧皮鞋，一副随随便便疲疲沓沓的样子。弄得房东全家目瞪口呆、大失所望。人都走了好久了，房主人还一个劲地追着问王大珩："他就是教授吗？他真是教授吗？他也太不像教授了呀！"如今彭桓武已经是国内外著名的物理学家了，但穿着仍旧很随便。1996年，彭桓武获第二届何梁何利基金奖。王大珩和老伴在电视里收看颁奖实况时，发现彭桓武领奖时居然很难得的穿了一身挺体面的西服。事后，老伴打趣地逗彭桓武说："哎呀，老彭什么时候也

——著名科学家王大珩

中国光学科学的奠基人

做了套新衣服，那天穿得蛮精神的嘛。"谁知彭桓武听后却乐了，笑着说道："哪里呀？那套西服还是三十年前做的呢，好不容易才穿到身上，你在电视上看不清楚，离近看看就露馅了，那上面有好多虫子咬的窟窿眼子呢！"

王大珩与他住过的几个房东相处得都十分融洽。那都是一些很淳朴很善良的普通英国老百姓。他们像对待家人一样对待这些远离家乡的外国学生。招呼他们休息，招呼他们吃饭。有时候，一个家庭里同时住着几个不同国籍的留学生，就会出现一些很有趣的情形。吃罢晚饭，全家人和房客们围坐在一起喝茶、聊天。不同的肤色，不同的口音交织在一起，不同的想法，不同的话题纠缠在一起，就组成了一个看似怪异但却很温馨的、看似生硬但却很和谐的场面。

闲暇时，王大珩常愿意帮助房东做些事情。他最喜欢修剪房东院子里的草坪了。每当王大珩推着剪草机走进青草地，心中就会荡漾起一片绿色的涟漪。他喜欢绿色，他会像一个真正的修草工一样，把绿色的草坪修剪出不同的花样来。在英国，王大珩唯一的爱好就是在假日骑上自行车出去寻找绿色。他喜欢看野外的风景，能在丘陵地带一连骑上几个小时不下车。他能从伯明翰骑到雪菲尔，从利物浦骑到伯明翰，一

祝贺长春光学精密机械学院建校三十周年

三十而立继往于来发

扬艰苦创业传统培养现代科技人才

王大珩 一九八八年 肖廿六日

口气骑一百多千米。每到放假前，王大珩早早就准备好了自行车、地图、行囊。两个星期的假日，王大珩能骑着自行车在外面跑上十一二天。跑到哪就住在哪，从一座山到另一座山，从一个城市到另一个城市。

在英国的生活很寂寞，王大珩常常连一个能用母语交谈的对象都找不到。任何一个人，无论他的外语多么流利，运用得多么自如，也永远不能替代母语带给他的那种独特的心理感受。

外语永远是从嘴里说出来的，只有母语才会从心底流淌出来。母语是种族的血液，是浸透在血液中的种族文化，是滋润种族生命的根。没了母语，生命与生命间便少了许多直接的触摸，情感与情感间便多了一些碰撞的理由。在没有母语的寂寞中，王大珩渐渐地学会了与音乐交谈。王大珩发现音乐才是全人类共同的母语，她没有国籍，没有任何交流的障碍。王大珩从此爱上了音乐，他省吃俭用买了一台留声机，让巴赫、贝多芬、莫扎特、柴可夫斯基们陪伴着他走过无数个寂寞的黄昏和夜晚。他喜欢在音乐中思考，在音乐中工作，在音乐中休息。他几乎离不开音乐了。回国的时候，因为无法带太多的行李，王大珩舍弃了许多心爱的东西，却独独没有舍弃他的留声机，没有舍弃那一大摞旧唱片。离伯明翰不远有一个叫斯塔福德的地方，那里是英国文艺复兴时期伟大的戏剧大师莎士比亚的故乡。与工业集中的伯明翰相比，莎翁的故乡是一片幽静的田园风光。

1947年春天，在莎翁故乡那个碧波荡漾的河面上，出现了一条小船。船上，两位中国青年一边随意地荡着双桨，一边热烈地交谈着。其中那位体格健壮的青年人显然十分健谈，他不停地讲述着什么，还常常激动地打着手势。另一位青年人则显得文静一些，他始终若有所思地认真听着对方的话，不时习惯地扶一扶眼镜，提出几个问题。

这两位青年人就是王大珩和钱三强，十分健谈的那位是钱三强。钱三强在法国留学，他这次到英国来办事，特地抽出了两天时间，专程跑到伯明翰来看王大珩。今天，王大珩就是专门陪钱三强到莎翁的故乡来游玩的。

许多年不见了，钱三强仍旧还像当年在清华时一样的热情奔放。当时，法国是中国共产党在欧洲组织中最为活跃的一个国家，钱三强在法国已经与共产党有了很深的接触，受到了极大的影响。钱三强以压抑不住的热情，给王大珩介绍了许多国内情况。

钱三强很神秘地问王大珩："大珩，你知道中国共产党吧？"

王大珩想了想回答说："在学校时听说过，好像很有进步倾向。"

钱三强笑着摇了几下桨，说："对，共产党是真正的进步组织，你不知道，共产党现在可不比从前了，已经在国内发展壮大，成了气候了！"

王大珩有些惊讶地"哦"了一声。王大珩从来就不是很关心政治党派的，他只听说过共产党，对共产党的印象也不错，仅此而已。他多少有些惊讶，在国民党统治下共产党怎么会成了气候了？

于是，钱三强给王大珩讲了许多共产党的事情，讲了共产党的纲领、奋斗目标，讲了共产党为老百姓做过的种种好事，讲了共产党现在的发展状况。钱三强说："有了中国共产党中国就有希望了。"接着，钱三强又举出了一个很有说服力的例子，他说："大珩，你都想象不到共产党有多能干。咱们还不知道吗，陕

1989年，王大珩与王金昌、于敏等科学家视察神光Ⅱ装置

北那个地方有多穷呀，可自从共产党在那建立根据地以后就全变了。告诉你，现在连陕北那个穷地方都能吃上肉了！"

这下子，王大珩可是大大地惊讶了一回。连陕北那个地方都能吃上肉了，这在王大珩想来几乎是不可思议的事情！这个中国共产党恐怕还是真有两下子呢，王大珩想。

钱三强还告诉王大珩，国民党现在非常腐败，在国内的威信极低。国民党统治下的国统区通货膨胀，物价飞涨，搞得民不聊生。

那一天，钱三强与王大珩谈了很多很多。王大珩向钱三强讲了自己的苦恼。身在异国他乡，王大珩始终十分关注祖国的情况，但许多年来，王大珩只能通过一些间接渠道断断续续地得到一点消息。在王大珩的印象中，祖国一直处于水深火热的战乱之中。日本侵略者在中国的土地上烧杀掳掠无恶不作，横行霸道了整整八年，好不容易盼到了抗战的胜利。起初，王大珩和许多在国外飘零的人一样，也曾真心地为祖国从日寇的铁蹄下解放出来而欢呼庆贺过。他们纷纷奔走相告，满怀信心地做好了回国的准备，他们以为中国有希望了，他们以为中国人从此就会摆脱战争的灾难过上平静安宁的日子了，他们以为祖国终于需要他们了。但他们怎么也没想到，国民党很快就挑起了内战。抗日战争的硝烟刚刚熄灭，国内战争的战火就骤然燃起，人民立刻又陷入了无休无止的战乱之中。面对这种情况，王大珩和许多想要回国干一番事业的人一样，只好打消了回国的念头，又开始了无奈的等待。王大珩告诉钱三强，他从没有在国外长期生活的打算，他没有一天不想回国，没有一天不想振兴祖国的光学事业，但他不知道该怎么办才好，不知道要这样等到何年何月才是头。

　　听了王大珩的话，钱三强沉吟了好一会儿才说："大珩，从目前国内的情况来看，国民党注定是要灭亡的。我想，我们不妨早点回国，亲眼看看国民党的腐

败，亲眼看看国民党统治下社会的混乱状况和人民处
于水深火热中的情况，亲眼看看国民党是怎样灭亡的。
我们可以设身处地受到一次反面教育，可以一起来迎
接新中国的到来！"

"对！我们回国，一起迎接新中国的到来！"王大
珩激动地说。

两双手一下子紧紧地握到了一起。他们约定分手
后就立刻开始分头准备，争取及早动身，一起回到祖
国。

1948年的新中国正处于分娩前的剧烈阵痛之中。

人民解放军迅猛的冬季攻势结束之后，在东北的
国民党军队就被分割包围在沈阳、长春、锦州三大块
之中了。东三省转眼间只剩下了沈阳、长春、本溪、
锦州、抚顺几座"孤岛"。为了挽救东北局势，蒋介石
三易东北保安司令长官，杜聿明、陈诚、卫立煌轮番
登场，但最终也未能挽回东北的败局。东北战场的胜
利使人民解放军和国民党军队的双方力量对比发生了
根本性的变化，战争由此进入了一个新的转折点。人
民解放军开始乘胜挥师入关，直抵平津、淮海，敲响
了国民党的丧钟。

王大珩就在这个时候回来了。

虽然回国前早已做了充分的思想准备，但一进入国

统区，王大珩还是为国民党的种种腐败行径所震惊了。

首先是带回国的行李取不出来。没办法，只好连托人带找关系，活活折腾了半个多月，好不容易才把属于自己的东西拿了出来。问这到底是怎么回事，被托的人一笑，说了实话：你是刚回国，不了解这里面的道道。告诉你吧，要是早把钱顶上去，你这行李早就拿出来了！他这才恍然大悟。

接着就是怎么也买不到三等车的票。只有头等车，二等车，爱买不买。二等就二等吧，无非多花几个钱，回家心切，钱多钱少也就是次要的了。等上了车才发现，整个一列火车只挂了一节三等车厢。难怪买不到三等车的票呢，人家压根就没想卖那种赔本的廉价票。再仔细看看就明白了，这二等车其实就是三

1992年，王大珩与沈柯教授亲切交谈

等车，只不过是换了个二等车的牌子挂上了，车厢一律没变。

再往下就越来越叫王大珩吃惊了。领工资要用麻袋去装，买一张大饼要拿一张大饼那么厚的一摞钱，买一块豆腐要用摞起来足有一块豆腐那么高的一捆钞票。在北平领了第一个月的薪水100块金圆券，有人立刻指点王大珩，你得赶快去把它兑换成现大洋，不然就得眼瞅着它变成废纸了。走到街上，就见站着一溜换金圆券的，不免叹了声：这年头发什么财的都有哇。叹罢后便从第一个开始问，嫌价钱高再去问第二个、第三个。依次问下去，竟一个高过一个。再回头去找第一个时，却早已不是刚才的价了，又涨了。这才明白过来，敢情这价是见风涨的。索性不换了，揣着100块金圆券从秦皇岛去上海。坎坎坷坷地来到上海后，才发现这下亏大了，那100块金圆券只够买三碗光面的了！

不仅生活难，做事更难。

回国之后不久，王大珩就接到了严济慈先生的邀请。严济慈先生当时在北平研究院物理研究所任所长，他刚好在物理研究所里支起了一个光学摊子。听说王大珩从英国回来的消息后，严济慈先生十分高兴，他非常希望专攻应用光学的王大珩能参加进来，就立刻发出邀请，请王大珩到北平研究院来从事光学工作。

但当王大珩到了北平研究院后，却又意外地收到了另一个邀请——秦皇岛耀华玻璃厂厂长兼总工程师龚祖同的邀请。龚祖同是王大珩的清华校友，早王大珩几年毕业于清华大学物理系。毕业后，龚祖同又去了德国学习应用光学。龚祖同回国后就想要搞光学玻璃，他用了几年的时间东奔西跑到处寻找机会，却一直未能如愿，只好暂栖在耀华玻璃厂了。但龚祖同却始终没有放弃搞光学玻璃的念头，他写了一封言辞恳切的信，请求王大珩到他那里去，利用耀华玻璃厂的现有条件，两人联起手来搞出中国的光学玻璃来。

一面是德高望重的严济慈先生的邀请，一面是老校友言辞切切的请求，王大珩两难了。考虑再三，王大珩最后还是下了去秦皇岛的决心，因为秦皇岛更具备搞光学玻璃的条件，他实在无法抵制光学玻璃对他的诱惑。王大珩向严济慈先生告辞，带着他的光学玻璃梦，满怀希望地奔向了秦皇岛。

但他怎么也没有想到，等在他面前的竟是一个破碎的光学玻璃梦。

王大珩来得太不是时候了。王大珩到达秦皇岛时，东北战场的硝烟正在向华北地区迅速蔓延。越来越近的枪炮声，震得秦皇岛瑟瑟发抖，到处是关于战争的传闻，到处是惶惶不安的人群。战争，如同一柄高悬在人们头上的达摩克利斯剑，随时随地都有可能猝然落下。在这种紧张的时刻，人们

1995年，王大珩荣获首届何梁何利基金优秀奖

根本就没有可能思考生存以外的任何事情了。

终于见到了龚祖同。

龚祖同默默地望着王大珩，他从王大珩的眼神中看出这是一个真正想做事的人。他的心不由得有些激动了，这就是他一直要寻找的那个人，这就是注定要与他搭档搞出中国的光学玻璃的那个人！龚祖同张了张嘴，他真想说：总算找到你了，今后我们就绑在一起干吧！但他却只能说："真对不起，没想到时局会突然变得这么紧张。好不容易把你请来了，眼下却又什么也干不成了。没办法，我们只好以后再从长计议了。

真对不起。"

　　像一盆凉水一滴不剩地从头顶一直浇到了脚下，王大珩只觉得心在一点点地紧缩。他想说，自己满怀希望地从北平跑到秦皇岛来，不是为了来听一声对不起的！他想说，自己之所以放弃北平研究院的职位来到耀华玻璃厂，就是因为他们心中共同拥有一个光学玻璃梦！他想说，对于他来说，这个梦是一个永远无法拒绝的诱惑，因为这不是个人的，是属于整个民族的，是我们中华民族的光学之梦！他想说，在他的心目中，这个梦远比个人的一切得失都更为重要，为了这个梦，他随时准备毫不犹豫地舍弃自己的一切。他想说，他一直努力这样去做，他舍弃了许多。但结果，梦，却在了坚硬的现实面前，粉碎了……

　　王大珩默默地望着龚祖同，望着眼前这位比他年长11岁的学长。他知道龚祖同自回国后就一直在为光学玻璃四处奔波，但至今也没有找到一个更好的出路。从学长那双布满血丝的眼睛里，王大珩看到了内中潜藏着的执着和坚韧，看到了心里燃烧着的焦虑和希望，看到了那种难于言表的深深的遗憾和抱歉。

　　王大珩什么也没有说，他无话可说了。

回国报效，科学家的血总是热的

许多人都知道，二战结束期间，在盟军中曾发生过一个著名的抢"鸡"还是抢"蛋"的故事。1945年，盟军攻克柏林以后，收缴了大批德军的武器装备。苏军见状立即抢先下手，把大批武器装备运往国内。就在苏联人忙着抢这些"蛋"的时候，美国人却做出了抢"鸡"的惊世之举。美国政府也急急忙忙地派出了一批飞机飞往德国，但他们运回来的却不是任何武器装备，而是大批的德国科学家！后来，这些德国科学家在美国被高薪聘用，为美国科技事业的发展，特别是在比较薄弱的基础科学的发展方面做出了重要的贡献。

但却很少有人知道，从山沟里钻出来的共产党、土八路们也具有同样的远见卓识，也曾做出过同样的明智之举。

1949年3月10日。一艘悬挂着朝鲜国旗的货轮在夜幕的掩映下静悄悄地驶出港湾。这艘显然是"非法出境"的货轮，小心翼翼地离开维多利亚湾后，立刻开足马力，向朝鲜的兴南港方向急驶而去。

月亮朦胧着双眼无声地在云层中穿行，微弱的月光时隐时现地映着船舷上的几个大字"AZOV"。这是一艘叫作"AZOV号"的苏联货船。从外表看，这似乎只是一只普普通通的货轮，但仔细观察就会发现，这条船很有些特别，本该是清一色的苏联船员中却常常会出现几个中国人。那些中国人显然不是船员而是这条船上的乘客，从举止装束上一眼就可以看出，他们的身份应该是属于知识阶层。

一路上，那几个中国人的情绪似乎一直十分激动，他们经常聚集在一起热烈地交谈。从他们的只言片语中可以听出，这是一些上海、南京等地的爱国学者，他们都是在中国共产党地下组织的安排下，几经周折才来到香港的。现在，他们正奔赴东北解放区，前往参加那里的大连大学的组建工作。

1996年，王大珩来校视察，与姜会林院长共商学院发展

——中国光学科学的奠基人——著名科学家王大珩

这是一条中国共产党向解放区输送人才的秘密航线。

还在新中国成立前夕，中国共产党的精英们就开始着手考虑新中国成立后的国家建设问题了。从那时候起，共产党人就已经意识到科技人才在今后国家建设中的重要作用，开始在高级知识分子中开展工作。他们以不同方式打入国统区，通过各种渠道联络爱国的专家学者，再秘密地把这些高级科技人才一批一批地输送到解放区去。

国民党怎么也不曾料到，共产党还在与他们争夺天下的时候，在全国绝大部分版图还都掌握在国民党手中的时候，就开始了着手坐天下的准备，而共产党的第一步棋就能准确地下在那些有能力协助坐天下者兴百废的科技人才身上！

有许多长期在国统区做这类工作的共产党人。其中有一对著名的兄弟，沈其震和沈其益。沈其震是位医学博士，毕业于日本帝国大学医学院。曾任大公报医学顾问、新四军卫生部部长、中央军委卫生部第一副部长。他从1946年起，就接受潘汉年的领导，先后在上海、香港等地开展工作，动员高级科技人员和民主人士赴解放区参加工作。沈其益是沈其震的胞弟，是位植物病理学家。因为他本身是南京中央大学教授，有条件接触更多的专家学者，因此一直在暗地里协助沈其震联络人才，动员、输送高级科技人员去解放区工作。1948年秋，中共中央决定在东北创立大连大学，以"适应新中国成立后经济建设和文化建设的需要"。由于当时的科技人才主要集中在国统区，经中央批准，将一直从事这项工作的沈其震调入大连大学，于1948年冬派往香港，负责在国统区科技界开展工作，争取爱国的专家学者到解放区来参加创办大连大学。沈其震以香港京华公司老板的身份做掩护，坐镇香港，由其弟沈其益在上海、南京等地开展联络工作，负责把爱国学者和各类人才分批秘密送往香港，再由沈其震负责把他们从香港秘密转送到解放区。

"AZOV号"在波涛汹涌的海面上急速行驶着。

从船舱中走出一位中国人。他看上去有三十多岁的样子，个子不高，穿一件土黄色西服，眼镜后面的一双眼睛炯炯有神，于斯文的外表下透露出一种内在的精干。他久久地俯身在船舷边上，兴奋的目光穿越过滔天的海浪，探向无垠的远方。

他就是王大珩。

回到祖国总会有用武之地的

王大珩是在上海结识沈其益的。

1996年,王大珩为学校国家重点实验室题词

　　秦皇岛之行受挫之后,王大珩接受了龚祖同的安排,离开秦皇岛来到上海,暂栖在上海耀华玻璃分厂。

　　这是王大珩回国后度过的最苦闷彷徨的一段日子。没有事情可做,即便有事情也不可能去做,只有无奈地等待。在等待的苦闷之中,王大珩给英国朋友汉德写了一封信,讲述了自己回国后的所见所闻,倾吐了积郁在心中的失望和苦恼。王大珩告诉汉德,从回国后他就一直在四处奔波,但至今也找不到一点希望,他开始怀疑自己选择在这个时候回国或许根本就是个错误。

　　但就在这个时候,一个充满希望的转机却悄悄地来到了他的身边。

到上海后，王大珩得知原清华大学物理系吴有训先生现在也在上海，就立刻前去拜望。王大珩在清华大学读书时，吴有训先生正在物理系任教授。当年，吴先生风度翩翩、才华横溢，深受清华学子们的崇敬。此时，吴先生正暂时依托在上海交通大学。十几年过去了，师生相见之下自然有许多的话要说。王大珩从香港乘船去英国时，吴有训先生正在香港，曾亲自赶到码头相送，师生情谊令王大珩至今难忘。他们谈了很久，回忆了过去在清华的日子和离校后的经历，也谈到了各自目前的处境。面对尊敬的先生，王大珩不知不觉地袒露了自己的心际，他激动地讲述了自己回国后的种种感受，表达了心中对国民党腐败现状的不满和对共产党寄予的希望。王大珩很久没有这么畅快地倾吐了，他只顾激动地倾诉着这一切，却没有注意到自己流露出的进步的思想倾向已经引起了吴有训先生的注意。

就在这次拜访后不久，有一天，吴有训先生突然捎信请王大珩到他家中去一趟。王大珩以为吴有训先生找自己有什么急事，就立刻匆匆赶去了。到了吴有训先生家，王大珩才觉出了诧异，急急地把自己叫来了，吴有训先生却仿佛并没有什么急事，只是东一句西一句地唠着一些闲话。自然而然地，吴有训先生顺着话就说到了国内的局势，说到了共产党、解放区，说到了共产党要在东北解放区建立一个大连大学的设想，说到了要建这样规模的大学需要很多像王大珩这样有志的高级知识人才。

话就说到这了。

但对王大珩来说，这，已经足够了。

王大珩猛然抬起头惊讶地望着吴有训先生。

吴有训先生正紧张地注视着他，目光中闪着灼灼的期望。

王大珩脸上的表情由惊到喜，由喜到激动，突然，王大珩激动地一下站了起来，斩钉截铁地说出了两个字："我去！"

接下来就是在吴有训先生的引见下与沈其益见面了。

后来王大珩才知道，吴有训先生早在任南京中央大学校长时就与沈其益有着很深的交往。由于吴有训先生思想进步，倾向共产党，因此一直受沈其益的委托负责暗地里为共产党联络。王大珩去拜望吴有训先生时，沈其益恰巧正来到上海开展工作，吴有训先生把王大珩的情况介绍给沈其益之后，沈其益十分感兴趣，他们立刻约王大珩前来面谈，于是便有了这场决定王大珩命运的谈话。

那以后就开始了一段紧张而又激动人心的日子。一切都是在秘密中进行的，秘密地联络，秘密地做各种准备，秘密地躲开所有人的耳目。每一天都开始变得新鲜了，每一天都开始充满了希望。终于到了要动身的时候了，王大珩却突然接到了一封来自英国的电报。

电报是英国昌司玻璃公司的老板发来的，大意如下：

王大珩先生：

　　我从汉德先生处得知，王先生回国后境况一直不佳，始终无以施展才能。王先生在我公司任职多年，工作卓有成效，我非常希望王先生能够重新回到昌司公司，与我们共同发展昌司的事业。

　　如王先生有意，请速回电，我将为您提供一切方便。

原来，汉德收到了王大珩在上海写给他的那封信。当得知王大珩回国后的情况后，汉德十分为王大珩的处境担忧，他立刻找到老板，向老板提出了请王大珩回来的建议。老板本来就很欣赏王大珩，当初王大珩离开昌司回国的时候，老板就很遗憾。听了汉德的建

1998年，王大珩在校友座谈会上发表讲话

议，老板马上应允，并立刻发来了这封邀请电报。

在当时，这无疑是一封使所有人都羡慕不已的电报，国外有一个现成的职位在等着你，那里有好的工作环境，有优厚的生活待遇，还有人愿意为你去那里提供一切方便。在当时国内那种纷乱的社会环境下，能寻到这样一个好的出路，能得到这样一份可口的"洋羹"，这是多少人都求之不得的。没有人会放弃这个送到眼前的极好机会的。人们纷纷跑来向王大珩告别、祝贺，他们希望王大珩立即动身前往英国，也断定王大珩立刻就会动身前往英国。

但王大珩却沉默着。

如果这封电报来得早一些，王大珩或许会动心。

面对无以发挥才能、无以施展抱负的现实，王大珩很可能会接受英国朋友的真诚帮助和英国公司的善意邀请，带着失望和遗憾愤而离国，再一次漂洋过海远走他乡。但是，这封电报毕竟是来迟了一步。在接到电报之前，王大珩就已经对自己今后的道路做出了最后的选择。虽然在选择的那个时刻，王大珩只说出了两个字：我去！但从王大珩嘴里脱口而出的这两个字，却是并非谁都能轻易说出口的。这两个字的后面有着极深刻的背景。那里有历史，有中国人忍受了整整一个世纪的屈辱；那里有父亲，有几代知识分子的不懈努力和追求；那里有希望，有对毛泽东预言中的那个新中国的无限向往。

再也没有什么能使王大珩改变了。

王大珩义无反顾。

1996年5月3日。北京，王大珩寓所。

一早上起来，王大珩的脸上就溢满了笑意。老人一边兴冲冲地打理着自己，一边忙不迭地应付着不断响起的电话，不停地对着话筒一遍又一遍地说着："对不起，我今天没有时间，要到机场接宝贝女儿去呀。呵呵，对，对，是从法国回来的。对，不走了。呵呵，是啊，是啊，不走了！"

王大珩的女儿王森今天从法国回来。女儿也是学

1999年，王大珩荣获"两弹一星功勋奖章"

应用光学的，在法国获得了博士学位。从去法国留学到留在那里工作，女儿已经在法国居住8年了。她在法国天文台有一份很不错的工作，收入很好，也很稳定。

但是女儿却回来了。

没有什么特殊的原因和理由，女儿只是说从未想过要在人家那里常住，只是说觉得现在应该回来了。也没有什么更诱人的职位和收入在这里等着她，女儿回来只是要到北京理工大学。

大连大学是中国共产党创办的第一所正规大学。当时中央决定创办大连大学的目的十分明确，就是要为即将诞生的新中国培养人才，为即将开始的新中国的大规模经济建设做准备。对从未办过正规大学的共产党人来说，这是一个崭新的课题。因此，派去组建大连大学的人选就显得十分重要了。

共产党中从来就不乏人才，而且极会用人。中央选派的前两任大连大学校长不仅都是老资格的共产党人，而且都是才学过人的知识分子。第一任校长李一氓是1925年加入中国共产党的老党员。他早年就读于江沪大学和东吴大学，曾担任过国民革命军南昌县总政治部秘书长、新四军秘书长。参加过南昌起义，经历过二万五千里长征。第二任校长吕振羽毕业于湖南大学，青年时代就是国内著名的红色教授。他参加过北伐战争，在敌后从事过文化界的统战工作，在延安时期还曾担任过刘少奇的秘书，是著名的历史学家。大连大学的工学院院长屈伯川和医学院院长沈其震也不例外。沈其震自不必说了。屈伯川是一位曾留学德国的化学工程博士。他1939年就参加了延安自然科学院的筹建工作，后曾任张家口晋察冀军区工业试验所所长、陕甘宁边区建设厅工业局副局长等职。

这是一批典型的学者型的共产党人，他们或留过学，或受过高等教育，本身都是高级知识分子，因此，他们对知识分子的情况十分熟悉了解。而且他们中的大部分人都曾长期在知识分子中间从事统战工作的，因此，他们很懂得尊重知识、尊重人才，很懂得如何与知识分子相处，很懂得如何去调动知识分子的积极性。有

中国光学科学的奠基人

了这样一批优秀的共产党
人来领导知识分子，显然
会得到知识分子的信任，
会受到知识分子的拥护。

一进入解放区，王
大珩立刻觉得一股春风
般的温暖扑面而来。王
大珩怎么也没想到在这
里他们会受到如此热情
的欢迎，怎么也没想到
他们这些人会成为共产
党的座上宾。不仅大连
大学对他们的到来表示

继承先辈革命精神
培育新生建设力量

王大珩 一九九九年
十月廿日

了热情的欢迎，连旅大区党委书记欧阳钦都亲自出面
接见他们，对他们勇于冲破封锁，毅然来到解放区参
加建设的行动给予了高度的赞扬。这是王大珩第一次
接触到共产党人，第一次接触到共产党的领导干部，
共产党人的真诚和热情给王大珩留下了极深刻的印象。

他们这些人几乎立刻就被委以重任了。王大珩被
任命为物理系主任，交给他的任务是要在极短的时间
里把物理系筹建起来。王大珩发现共产党的确是很有
诚意的，共产党不仅对自己这样来历清白的人表现出

了欢迎和信任，甚至对那些曾与国民党有过或多或少瓜葛的人，也表现出了的极大的宽容和真诚。有一名留学回国后曾在国民党机要部门工作过的教授，来到解放区后心中始终放不下，生怕共产党对自己弃暗投明的心情不理解，生怕共产党对自己信不过。没想到，当他怀着忐忑的心情把这段历史向学校讲清后，吕振羽校长当即就向他详细解释了共产党对知识分子"团结、教育、改造"的一贯政策，并诚恳地勉励他甩掉包袱，轻装前进，把自己的学识才智贡献给新中国的建设事业。共产党人对待知识分子的这种诚挚的态度，

——中国光学科学的奠基人——著名科学家王大珩

2003年4月，王大珩院士出席中国农业银行为学校贷款签字仪式。

使知识分子们个个欢欣鼓舞、干劲倍增。自从回国以来，王大珩还是第一次品尝到受重视、被尊重的滋味。在解放区这块崭新的土地上，王大珩才终于找到了回家的感觉。他从心里感谢这个"家"对他的接纳，感谢这个"家"对他的信任，他决心要为建设这个"家"贡献出自己的全部学识。

身在家中自然就多了几分责任感，在家人面前自然就少了几分顾忌。刚被任命为物理系主任的王大珩凭着那股热情，毫无顾忌地闯进屈伯川的办公室，直通通地提出了自己的意见：要办就办个应用物理系！

理由很简单：我们是为建设新中国培养人才的，而建设新中国最急需的是大批应用人才。

简单的理由后面却跟着很复杂的注脚：在国外这几年我有很深的体会。国外高等院校培养出来的物理人才中，有很大一部分毕业后都进入了工业企业。由于他们有很深的物理基础，因此在解决生产技术中的问题时，常常要比单纯搞工程技术的人思考得更深一些，解决得更好一些。我自己就在国外工业企业工作过，我注意到物理人才在国外大工业的发展过程中起到了极大的作用。

这一年王大珩三十四岁，锐气极盛。

这一年屈伯川四十整，已是老成持重。

老成持重的屈伯川目不转睛地听着王大珩振振有词的阐述，直听得两眼发亮、频频颔首。听到最后屈伯川双手一拍，大叫了一声"好"!

事情就这么决定下来了。

但是，一切必须从零开始。

王大珩这个物理系主任简直就是个光杆司令，给他的全部人马只有两个教授和几个刚招聘来的助教。没有人员、没有教材、没有实验室，也没有仪器，几乎是一无所有。而王大珩则必须想办法立刻把全校400多学生的物理课开出来，把物理实验课开出来。

王大珩赤手空拳办起了应用物理系。

首要的问题是得尽快把物理课高质量的开出来。这就要有人，要有高素质的教师。好在王大珩在物理界有的是熟人，他动用所有关系，四处挖掘人才，使系里很快就有了18名教职工。有了人，王大珩心里就有了底数。他亲自审教材、定教案，亲自登台授课，带领全系教职工很快就把应用物理系的课开了出来。

开理论课好办，有教师、有教材、有教案就成。但要开物理实验课可就不那么容易了。首先得有物理实验室，得有很多必要的仪器设备。大连大学理工学院的底子是关东工业专科学校，是个中专，只留下了

中国光学科学的奠基人

——著名科学家王大珩

2003年4月，王大珩院士在学校农行贷款签字仪式上与中国农业银行副行长交谈

几件中专物理教学用的简单的示教器材，基本用不上。买吧，一来，资金不够；二来，即便有点资金，在刚刚解放的大连也什么都买不到。当时关内战火连天，大连与内地的交通已经完全中断，什么也别想运进来。不要说其他的东西了，就连做物理实验用的最基本的米尺都无处可买。

巧妇难为无米之炊。有人说。

事在人为！王大珩毫不犹豫地回答。

在全系动员大会上，王大珩讲了这样一番道理："古人云：攻欲善其事，必先利其器。这句话用在我们这里，我看有这样两层意思。一是物理教学必须重视物理实验，必须要有物理实验所需的仪器设备。二是物理教学人员要想开好实验课，必须学会自己动手制造仪器设备，在制造仪器设备的过程中，学习各种技术，提高实验水平。"

于是，应用物理系的教师和实验人员就在王大珩的带领下，开始了自己动手、修旧利废、建设实验室的工作。

在大连，有一个不知从何年何月兴起的，存在了几十年，至今还十分活跃的旧货市场，当地的老大连人都习惯地称它为"西岗破烂市场"。西岗"破烂"市场是个自发形成的旧货市场，每逢星期天，老百姓就会自动聚集到这里进行各种交易。在这里，你能找到大到门窗、家具，小到纽扣钉子等一切生活日用品。反正都是老百姓自己家里的东西，用不上了，拿出来换两个零花钱。虽说是旧的，但也真便宜，给俩钱就卖。这市场通常是那些生活拮据的老百姓的好去处。

从英国回来的洋专家王大珩突然对破烂市场发生了兴趣。一到星期天，王大珩就拉着身边的人到破烂市场去转悠。寻宝似地挨个摊子走，一样样东西盯着瞧。没想到还真让他给瞧着了——在一个老头的"破烂"堆里，王大珩竟然扒拉出来一块旧秒表！这是做

物理实验最紧要的东西，王大珩正愁着没处去掏弄呢！去的次数多了才发现，这"破烂"市场里的宝贝还真是不少：一台快散了架子的旧天平，经过一番修整后一测，嘿，还挺精确的呢！几个旧望远镜筒，回去拆巴拆巴零件都能用。最得意的是，有一次竟在"破烂"摊上发现了一台高级电位差器。当时，卖主连他卖的是什么东西都不知道，没花几个钱就给买下来了。拿回去后一试，好家伙，一点毛病都没有。

有一次，王大珩突然在一堆"破烂"里发现了一块没人要的玻璃。王大珩只觉得眼前一亮，当即就把这块玻璃一把攥在手里。一问价，卖主恨不得不要钱白送，因为这块玻璃四六不成材，从来就没有人顾得看一眼。王大珩可是看不够，举着玻璃左瞧瞧右看看，得了宝贝似地兴奋得满脸放光。卖主心里直纳闷，不就是一块破玻璃嘛，又不是水晶？还值得这么看！他哪里知道，这竟是一块光学玻璃！后来，王大珩把这块光学玻璃拿回去切割开，正经磨出了几片光学镜片呢。

王大珩在清华培养出来的极强的动手能力和后来在昌司工厂的实践经验，在此时发挥出了极大的作用。他带领大家自己动手制作出多种实验仪器，还亲自设计制造出了分光仪等当时比较先进的仪器。实验室很快就建起来了，这个被大家戏称作是用"破烂"市场武装起来的物理实验室，在极短的时间内就达到了当时国内大学的先进水平。

新中国成立后不久，科学院副院长李四光、卫生部副部长贺诚、教育部副部长韦悫和文化部副部长丁西林等四人联名向政务院提出了设立我国仪器研究制造部门的建议。鉴于科学仪器在科学技术发展中的重要作用，1950年8月24日，政务院会议通过了他们四人的提议，决定在中国科学院设立仪器馆。

仪器馆不是一个单纯的科研机构，它兼有研究和制造两个功能。必须寻找一个既有很好的物理基础又懂得机械原理，能把光、机、电结合在一起的人来当此重任。

2004年6月，王大珩院士为学校捐赠三千余册图书

历史选择了王大珩。

1950年秋，钱三强突然捎信约王大珩到北京来一趟，说有要事相商。

王大珩知道，早在新中国成立前，钱三强就参与了筹建中国科学院的工作，此时，他已经担任了中国科学院行政秘书长的职务，没有十分重要的事情，三强是不会轻易叫自己专程到北京去一趟的。因此，一接到三强的信，王大珩立刻匆匆赶赴北京。

几年不见了，三强还像从前那样热情开朗，只是于言谈举止中增添了几分干练，几分老成。一见王大珩的面，三强就笑，是那种满心高兴的笑，意味深长的笑，直笑得王大珩莫名其妙。三强问大珩你现在好吧？王大珩说现在当然好！三强说："是啊，让我们赶上好时候了"，他们想起了莎翁故乡那条美丽的小河，想起了船上那次决定前途的谈话。他们很庆幸自己能及时回到祖国，亲眼看着新中国的诞生，亲自参加祖国的社会主义建设。

说了许多办应用物理系的事。看着兴致勃勃满面笑容的王大珩，三强转了个话题突然问道："大珩，还想光学玻璃吗？"

王大珩的笑有些涩了，顿了一下才回答："想，做梦都想！"

三强笑着又问："那你想不想得到个机会呢？"

王大珩立刻警觉地盯住三强。

三强却笑而不语。

"别卖关子了，三强。说吧，找我来有什么事？"王大珩单刀直入。

"大事！"三强也紧盯着王大珩说，"中科院要建立一个仪器馆，我想推荐你去挑这个头。不知道你是否愿意。"

"噢？"王大珩眼睛顿时亮了。

"大珩，我认为你最适合做这件事。你本身是搞应用光学的，又在工厂干过。而且我知道你一直就想搞光学玻璃，想发展我们中国自己的光学事业，我想，对你来说这是一个很难得的机会。"

机会！这是两个多么诱人的字眼儿。世间所有的人终其一生都在追寻着各种各样的机会，但是，并不是所有的人都能有幸得到适合于自己的机会的。父亲就没有。父亲有才气有能力但却生不逢时。他苦苦地追寻了一辈子，最终却只能为怀才不遇而仰天长叹。

机会！这是一个永远只为有准备的头脑而设置的词汇。在做过了许许多多的准备，经历了许多次的努力和失望之后，机会突然展现在王大珩面前。王大珩只觉得周身的血液仿佛一下涌了上来，一股压抑不住

2004年6月，王大珩院士向学校捐赠图书三千余册。姜会林校长代表全校师生向老校长赠送纪念牌

的激情开始在胸中迅速膨胀。

王大珩尽量控制着激动的情绪，只问了一句："为什么叫馆？"

"因为这个机构不仅要负责研究工作，还要担负制造任务，兼有研究所和工厂的两种性质。叫所或厂都不合适……"

"好！这种结构是最合理的。必须要有工厂，否则什么事情也做不成的。"还没待三强解释完，王大珩就兴奋地打断了他的话。

三强笑了笑，补充说："就是名字不太好听，馆长。"

王大珩目光炯炯地看着三强，毫不犹豫地答道："馆长就馆长，只要能做事就成！"

1951年1月24日，经钱三强推荐，中国科学院决定，任命王大珩为仪器馆筹备委员会副主任，负责主持仪器馆的筹备工作。

在新中国为建立新秩序而做出的许许多多的任命中，这也许是那些最不引人注目的人事安排中的一个了。当时，无论是任命者还是被任命者都没有想到，这个不起眼儿的任命竟会成就了一个国家的光学事业！

在经历了许多曲折之后，王大珩终于找到了自己人生的最佳位置，开始了在几近空白的条件下开拓新中国光学领域的艰难历程。

在经历了许多磨难之后，中国终于找到了能为祖国光学事业奠基的最佳人选，开始走出了发展新中国光学事业的第一步。

当科学技术发展到20世纪中叶的时候，当西方国家已经进入原子能、航天和计算机领域，当应用光学已经在第一、第二两次世界大战中得到飞速发展，开始在高科技领域里发挥越来越重要的作用的时候，中国的应用光学却还处于几乎空白的状态。偌大一个中国，做不出一块光学玻璃，造不出一台真正的精密光学仪器！

当时，还算有点模样的只有一个国民党留下来的厂子——昆明光学仪器厂。昆明光学仪器厂是在国民党军工部门的几个知识分子的努力下办起来的。据说这是几个良心不错的知识分子，他们曾被国民党派往欧洲购买军火，因而得到了对方一笔数目很大的回扣。难得这几位知识分子能保持自身的清白和良知，他们没有把这笔回扣揣到自己的腰包里，而是用这些钱在欧洲购买了一些设备，运回国办起了光学仪器厂。这个厂的技术水平当时在国内可以说是屈指可数的，不仅设备是进口的，还曾从著名的瑞士威尔德光学仪器厂聘请过技师进行技术指导。但即便就是这个厂，也只能生产出一些低倍率的光学望远镜和极简单的测距仪。

摆在王大珩面前的就是这样一副可怜的"破摊子"。在旧中国留下的废墟上，王大珩寻找不到一处可以完全利用的基础，因为中国几乎就没有应用光学！

"没有"，这是一个最能令人灰心沮丧的现实了。在"没有"面前，一般人的反应只能是失望、退却和逃遁。但对有志者来说，"没有"却往往是一个最可以引起兴奋的现实，因为"没有"，你才可能得到一个新的发展的空间，因为"没有"，你才有可能从事一项具有开创意义的新事业。王大珩就是冲着"没有"这两个字来的。如果中国"有"，从前的王大珩也许就不会那么孜孜以求了；如果中国"有"，现在的王大珩或许也就不会这样百折不挠了。无论如何，王大珩是决不会因为没有而退却的。

1951年2月，王大珩领到了筹建仪器馆的第一笔经费1400万斤小米。

用小米作为计算单位，这在今天听起来似乎显得很可笑。但在新中国成立初期新的货币制度还没有形成的时候，以小米为计算单位的方法曾一度被广泛使用。不仅拨款用小米计算，甚至连人们的工资都是用小米来计算的。两个人见面不是说我每个月挣多少钱，

2005年6月，校党委书记于佩学和校长姜会林共同为"王大珩科学技术学院"揭牌

而是说我每个月挣多少多少斤小米。按当时的行情计算，一斤小米值旧币700元钱，王大珩领到的1400万斤小米折合成旧币是98亿元，而这98亿元的旧币折合成现在的人民币则只有98万元。这点钱自然是不够用的。但王大珩心里清楚，我们国家穷，旧中国给我们留下来的这个烂摊子千疮百孔，没有一处不需要修补、重建。在这种情况下，国家能拿出一笔钱来发展应用光学事业就已经很不容易了。余下的部分必须要靠自己，也只能靠自己来解决。

怎么办？思虑再三之后，王大珩把目光转向了东北。

东北当时是我国重工业最集中的地方，工业基础比较雄厚。而且，由于东北地区解放早，所以社会环境相对稳定，政府资金也比较充足。当时的东北科学研究所所长武衡很豪气地对王大珩说："到东北来吧。到了东北，给你筹个五六百万没啥问题！"

王大珩几下东北，经过详细考察后毅然决定：把仪器馆迁往东北，设在长春市。

从1952年年初起，仪器馆筹备处开始陆续迁往长春。满身伤痕的长春城迎来了一批雄心勃勃的建设者。

建仪器馆是从盖房顶、填炮弹坑、清除破坦克开始的。铁北天光路那只大烟囱旁边是一大片空旷的场地，场地上到处是炸弹坑、碎弹片和被打烂了的废弃坦克。王大珩领着他带来的第十批28个人，在这片千疮百孔的土地上一锹一锹地挖，一镐一镐地刨，硬是为仪器馆平出了一大片平平整整的地方。当年的老工人说："那会儿，王大珩哪还像个从国外回来的专家呀。整天和我们在一起造。住的是破房子，吃的是高粱米、大葱蘸大酱。天天干力气活，造得灰头土脸，跟工人没有两样。不说话看不出个谁是谁，一说话可就分出个儿来了，他一急嘴里就老往外崩洋词儿，那是洋话说习惯了，一时半会儿板不过来。"

1953年1月23日，中国科学院仪器馆在长春正式成立。中科院院长会议决定，由王大珩担任仪器馆副馆长，并代理馆长职务主持仪器馆工作。

1953年，仪器馆正式成立的第一年就大见成效，不仅完成了光学玻璃、显微镜、水平磁力秤、材料试验机等项目的研究，还初步建立起光学设计与检验、光学工艺、光学镀膜以及光学计量测试等技术基础。第二年，仪器馆就有五项科研成果获得了中国科学院东北分院的荣誉奖励。到了1957年，仪器馆不仅在光学玻璃熔制方面可以基本满足制造光学仪器的一般需要，还试制生产出用于国防军工方面的特殊光学玻璃。在光学设计方面也已经能掌握当时国际上若干尖端技术的设计方法，并能创造性地做出性能优越的光学系

063

——著名科学家王大珩

中国光学科学的奠基人

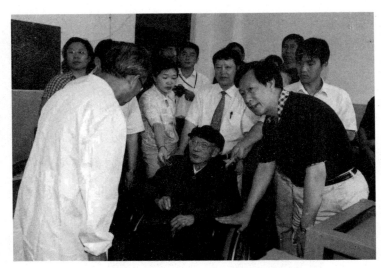

2005年8月，王大珩院士参观理学院实验室

统了。除此之外，还掌握了利用多层镀膜制备干涉滤光片的技术，并建立起精密刻画及精密机械制造工艺等技术基础。

1957年4月，仪器馆更名为"中国科学院光学精密仪器研究所"。王大珩任所长。

创业艰难，不改初衷

筹建仪器馆王大珩想到的第一个人就是龚祖同。

当初，王大珩刚刚回国的时候，龚祖同曾真诚地邀请王大珩去他那里共同研制光学玻璃。虽然由于客观情况不允许而失去了这种可能，但那一次与龚祖同的短暂接触，却给王大珩留下了极深刻的印象。

龚祖同年长王大珩整整11岁，王大珩入清华物理系的那一年，龚祖同已经是清华物理系的研究生了。研究生毕业后他又去德国留学了四年，在柏林工业大学攻读应用光学专业。1938年龚祖同回国。从那时候起，龚祖同就一直为发展中国的光学事业，为研制光学玻璃而四处奔波。但是，他从昆明到贵阳，从秦皇岛到上海，整整奔波了十多年，吃了无数的苦，碰了无数的壁，最终却一事无成。王大珩太理解学长的内心痛苦了，他永远也忘不了龚祖同那双布满血丝的眼睛，也就是从那一刻起，王大珩看出了龚祖同是一个对国家、对事业有着极强的责任心的人，认准了这位学长是与自己有着共同追求的能够踏踏实实做事的人。

在写给龚祖同的邀请信中，王大珩诚心诚意地恳请龚祖同前来担任仪器馆光学玻璃实验室的主任，并承诺要为龚祖同提供研制光学玻璃的一切必要条件。王大珩知道只要有了能搞光学玻璃这一条，龚祖同就一定会来的。王大珩了解龚祖同，因为他们太相似了，同毕业于清华大学，同在国外深造应用光学，同对光学玻璃有着特殊的兴趣。对他们这样的人来说，只要能有机会发展他们共同热爱的光学事业，就一定会断然抛弃一切马上赶来的。

中国光学科学的奠基人

龚祖同果然欣然应允，立刻举家北迁，前来相见。

这是他们相识后的第二次见面，距第一次见面仅仅只有三年的时间，眼前的一切就已经发生了巨大的变化。三年前是龚祖同邀请王大珩，而这一次则是由王大珩来邀请龚祖同了。三年前，龚祖同邀请王大珩的时候中国还在国民党的统治下呻吟，中华大地烽烟四起、遍地疮痍，人民水深火热、生灵备受涂炭；而三年后的今天，祖国已是处处莺歌燕舞，一派社会主义建设的蓬勃景象了。相见之下，两人心中不禁感慨万千。王大珩真诚地对龚祖同说："龚先生，这才是我们干事业的年代，这才是我们发挥才能的年代！总算盼到了这一天，你我终于可以如愿以偿，在一起共同发展我们中国自己的光学事业了！"

王大珩立刻任命龚祖同为光学玻璃实验室主任。他郑重地把自己最看重的研制光学玻璃的工作交给了龚祖同，同时交给龚祖同的还有他积累了十几年的经验和他在英国研究出来的光学玻璃配方。龚祖同激动得紧紧攥着王大珩的手，半天没说出一句话。

无论从哪个角度来看，王大珩这样的做法都有些令人不可思议。为了光学玻璃，王大珩已经追求了许多年，牺牲了许多唾手可得的个人利益，做了许多的学术准备。但当条件成熟，机会来临的时候，他却轻而易举地放弃了，毫无保留地把自己积累的宝贵经验交了出来，把一个难得的机会让给了别人。这不能不使人大惑不解：难道王大珩就不想出成果，不想亲手研制出光学玻璃，了却自己心中多年的夙愿吗？

王大珩何尝不想！这显然是一件谁做谁出成果，谁做谁出名的事。哪一个科学家不希望从自己的手中出成果？哪一个科学家不希望亲手填补国家的空白？王大珩有作为科学家的对科研工作的痴迷和热爱。那么，是什么促使王大珩做出这样的决定呢？

是责任！责任，是可以使一个人在瞬间完成某种转变的巨大砝码。当王大珩接下仪器馆的工作开始用中国科学院仪器馆馆长的眼光看问题的时候，

2005年8月，王大珩院士参观学校南校区

——著名科学家王大珩

中国光学科学的奠基人

当王大珩意识到发展中国光学事业、精密仪器事业的重担已经压在他的肩头的时候，王大珩就已不再是昨天的王大珩了。昨天的王大珩还只是一个普通的科学家，他再胸怀大志，再不乏远见，也难以摆脱自身所处位置的局限，也难免会使思维受到具体事物的围制。但一旦责任的砝码确立之后，天平倾斜的方向便会立刻发生改变，毫不犹豫地转向更重、更大、更主要的一方。这时的王大珩想得更多的则是仪器馆的发展、是新中国的光学、精密仪器事业的发展了。王大珩深深地懂得，在目前这种一无所有的基础上发展光学、精密仪器事业，只靠少数人的力量是不行的，必须团结一大批人共同努力，才有可能最快速度地得到发展。王大珩尊重龚祖同，相信龚祖同的能力，他决心全力支持龚祖同，以研制光学玻璃为技术突破口带动仪器馆的工作，为发展中国的光学精密仪器制造业奠定基础。这时的王大珩心里已经容不下丝毫杂念了，他只剩下了一个念头：尽快搞出中国自己的光学玻璃来！

龚祖同果然没有辜负王大珩的信任，他立刻以极大的热情全身心地投入工作之中去了。在最初那些艰苦的日子里，龚祖同一边风餐露宿同大家一起艰苦创业，一边亲自动手设计出了玻璃熔炉和光学玻璃的后处理设备。王大珩无条件地支持龚祖同，他和龚祖同一起带领大家，就着铁北的那个大烟囱一砖一瓦地砌起了第一个玻璃熔炉，盖起了一座玻璃熔制厂房。有了这些基本的条件，龚祖同很快就把光学玻璃的研制工作开展起来了。

人的潜力常常是不可估量的，它会因精神因素的激活突然释放出超常的能量。那段时间，龚祖同的精力显得格外充沛，他几乎不分昼夜地守在玻璃熔炉旁。连龚祖同自己也没有想到，他付出了十年努力而不得的光学玻璃竟会在短短的几个月间就研制出来了。

中国科学史激动地记录下了这个日子：

1953年12月，中国科学院仪器馆熔炼出我国的第一炉光学玻璃。中国第一炉光学玻璃的诞生结束了我国没有光学玻璃的历史，为新中国光学事业的发展奠定了基础。

在中国第一炉光学玻璃的后面永远地留下了龚祖同的名字。

那是12月里的一个最寒冷的日子，树枝上、房檐下处处结着一挂挂形态各异的冰溜子，结着一片片晶莹剔透的冰凌花，美得令人眼花缭乱、目不暇接。当龚祖同把一块水晶般的光学玻璃捧在王大珩面前的时候，周围的一切都黯然失色了。

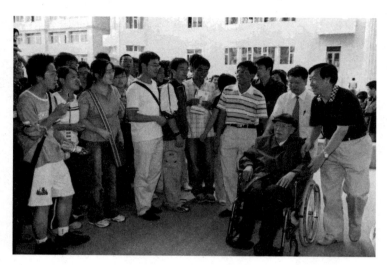

2005年8月，王大珩院士回校视察，受到师生热烈欢迎

谁也没说太多的话，这是两个内向的人。此刻，话，都在他们的眼睛里。他们目不转睛地注视着这个让中国苦思冥想了几十年的梦，注视着这个让他们吃了无数苦，花费了无数心血的结晶，两个人的眼里不由得都有了一些像水晶、像光学玻璃一样晶莹的闪动。

许久，王大珩才抬起头激动地对龚祖同说："龚先生，谢谢你，谢谢你为中国光学事业做出了贡献！"

没有遗憾，没有私念，只有真诚的祝贺和感激。

至此，在由从事具体工作的普通科研工作者转向科研领导者的过程中，王大珩超越了自我，完成了自身发展中的一次质的飞跃。

1958年，长春光机所经过几年的建设已经具备了较强的科研基础，培养起了一支具有较强科研能力的科技队伍。这时，王大珩对目前的科研进展开始有了新的考虑。1956年，王大珩曾受国家科委的邀请参加了制订《中国科学技术发展十二年远景规划》的工作。这项工作极大地开阔了王大珩的眼界。王大珩负责起草光学、精密仪器发展方面的有关条款，他力主将我国仪器制造业列为重要项目之一，并提出了许多积极有效的建议。在制订规划时发生过的一件事，使王大珩始终无法忘掉。十二年远景规划在制订的过程中，苏联专家的意见一直起着举足轻重的作用。王大珩和他的同行们曾提出过要把研制电子显微镜列入规划，但立刻遭到了苏联专家的反对。当时，苏联专家不无轻蔑地打断他们的话，用居高临下的口气对他的中国同行说：就目前中国精密仪器的落后现状来看，十二年内你们中国根本就不可能做什么电子显微镜！这句话连同苏联专家那居高临下的神态和轻蔑的语气一起深深地刻进了王大珩的心里。

1958年4月，一个二十多岁的年轻人来到光机所，提出了他想要研制电子显微镜的想法。当时，王大珩正在外地，负责接待的人听了年轻人这个胆大的想法后不由有些发愣，他措辞委婉地告诉这个年轻人，长春光机所在短期内还没有做电子显微镜的计划，只有在五年内派人去东德学习电子显微镜技术的计划。听了他的话，年轻人十分失望地走了。但是，当天下午，那个人突然找到这个年轻人，见面第一句话就说："你赶快回北京去把你的行李拿来吧。"见年轻人呆呆地愣在那里，便又笑着说："国庆前肯定是回不去了，你总得准备点冷暖换洗的衣服吧？快，工作马上就开始了，国庆前得拿出成果来。"年轻人这才明白过来，他研制显微镜的想法被接受了！

原来，在他走后，负责接待他的人通过电话把他的情况向王大珩做了汇报。当王大珩了解到他毕业于美国富兰斯大学物理系，曾获联邦德国杜宾根大学应用物理博士学位，是个刚从德国归来的电子光学专家后，立刻脱口说道："太好了，我们正需要这样的人才！你们一定要把他给我留下来！"

王大珩很快就赶回光机所，会见了这个年轻人。交谈中，王大珩才知道这个年轻人的名字叫黄兰友，是创造了被国际上称为"黄鸣龙还原法"的著名的有机化学家黄鸣龙的儿子。那一次，王大珩与年轻的黄兰友谈了很久。他给黄兰友讲了苏联专家说过的那些话，讲了那居高临下的眼神、那轻蔑的语气，讲了身为一个中国科学家自己当时的难堪和羞愧，讲了从此凝聚在自己心中再也抹不掉的强烈愿望……

那时候世界上只有极少数几个发达国家能做电子显微镜。王大珩以他的胆识和魄力大胆地把研制电子显微镜的项目确定下来。当时，光机所已经定下了七个攻关项目，王大珩不仅又纳入了研制电子显微镜的项目，还把它作为重点排在了第一号的位置。他全力支持黄兰友，为黄兰友配备了得力助手，协调了各方面关系，提供了各种有利条件。

1958年，王大珩领导长春光机所组织了两次大规模的技术攻关。两次技术攻关期间历时不到四个月，就攻下了一批国内领先的科技成果。这号称为"八大

——中国光学科学的奠基人

著名科学家王大珩

2005年8月，王大珩院士回校视察，校党委书记于佩学代表全校师生向老校长赠送字画

件，一个汤"的科研成果立刻在全国科技界引起了极大的轰动。《人民日报》以头版篇幅刊登了长春光机所的突出成就；国家科委、国务院规划委员会纷纷来电致贺；中科院院长郭沫若、副院长张劲夫、吴有训等亲自到长春光机所参加科研成就祝捷大会，在会上发表了热情洋溢的讲话。

光机所在全国放了一颗耀眼的科技卫星。

这颗科技卫星经过后来的反浮夸风运动的检验，被证实是切实可靠的。在那个科学向蒙昧低头、真实替谎言作证的疯狂年代，能取得这样扎实的成绩的确是难能可贵的。

1958年10月27日，一位身材高大的人出现在中国科学院举办的《自然科学跃进成果展览会》的展厅中。

"毛主席来了！"人们惊喜地围拢上来。

毛泽东饶有兴致地扫视了一遍展厅，信步走向了占据着最为醒目的位置的一台精密仪器面前。

"这是电子显微镜。"工作人员赶忙上前介绍说。

"噢？"毛泽东若有所思地想了一下，突然回过头向中科院院长郭沫若问道："我记得东德曾经送过我们一个嘛。"

郭沫若回答说："对。那是一台静电电子显微镜，是东德IECK总统送给你的生日礼物，我代表科学院出面接受的。"

"这么说现在我们自己也能造喽？"毛泽东问。

工作人员立刻详细介绍道：这是一台电磁式电子显微镜，比东德的那台静电电子显微镜更先进，是长春光学精密机械研究所研制的。长春光学精密机械仪器研究所在大跃进中做出了一大批突出的科研成果，号称"八大件，一个汤"。这个电子显微镜就是八大件中的第一件。除了它还有高温金相显微镜、多臂投影仪、大型光谱仪、万能工具显微镜、晶体谱仪、高精度经纬仪、光电测距仪共八种有代表性的精密仪器。这"一个汤"，是指他们研制出的一系列新品种的光学玻璃……

毛泽东认真地听着介绍，脸上露出满意的微笑。

离开自然科学跃进成果展览会的时候，毛泽东的心情很好。他心中仅存的一点忧虑已经烟消云散。他相信一个崭新的中国开始展翅腾飞。

迈着自信的步伐，毛泽东谈笑风生地走出了展厅大门。

外面，骄阳如火。

如火的秋日骄阳固执地延续着夏季的炎热，不厌其烦地在大地上掀起一阵又一阵狂飙般的热浪。

但在不知不觉间，秋风已将丝丝的寒意悄悄地裹携了进来。人们很快就会看到，等待在他们前面的是

2005年8月，王大珩院士回校为全校师生作报告

一个出奇寒冷的漫长冬季。

20世纪60年代初，人们还没来得及从狂热的虚幻中睁开双眼，一场携风带雪的大寒流就铺天盖地地席卷了整个中华大地。

这是共和国历史上灾难最多的一年。全国60%的农田都遭受了旱灾或洪涝灾害：黄河的水量减少到常量的三分之一，黄河流域中下游地区饱受旱灾之苦；台风在中国南部省份和辽宁省造成了巨大的水灾，泛滥的洪水无情地吞噬着人民的生命财产。而"大跃进"不仅造成了农业生产的直线下降，也在工业与基本建设急剧膨胀的同时带来了一系列的比例失调：运输紧张，几千万吨的货物滞留在产地无法运出来；电力供应告急，全国36个主要供电地区中有三分之二受到缺电的威胁。市场开始出现粮食、油料紧缺，肉类、蔬菜供应不足的紧张状况。一场大饥荒正狰狞着面目迅速席卷全国……

就在这个时候，赫鲁晓夫突然单方面撕毁了对中国的援建协议，中止了正在中国开展的二百多个科学技术合作项目，撤走了一千三百九十多名苏联专家，并带走了全部的技术图纸。苏联人这一落井下石的行动造成了大批援建项目仓促下马，在建的项目也由于没有了图纸和后续设备而陷入一片混乱，被迫停建。

王大珩来到某导弹试验基地的头一天，眼前就呈现着这构一片苍凉的景象。原来紧张忙碌的工作现场，现在一片沉寂。所有的工作都被迫停了下来，安装了一半的设备统统"趴了窝"一直保持着突然停工时的瞬间姿态，无可奈何地瘫痪在那里默默地忍受着寂寞。

王大珩是受命带队来到导弹试验基地的，任务是对苏联专家在这里干了一半的光测设备进行一次全面的"诊断"，然后排除故障，安装调试，使其能够尽快投入正常使用。这是自苏联专家撤走后国防科委第一次启用国内专家，人员都经过于严格的筛选。

　　临行前，国防科委副主任安东少将用充血的目光扫视了一遍这支小小的队伍，语气深沉地说："大家都知道，在目前这种困难的情况下，只能也必须靠我们自己了。你们肩上的责任重大呀。不多说了，一句话，一定要拿下来！你们要拿党票作保证！"

　　汽车在一望无际的戈壁滩上剧烈地颠簸着。大西北那夏日的太阳如同火球般烧灼着大地。地表温度高达40多度，石头被晒得滚烫，鸡蛋搁在上面一会就能被烤熟。这里一年到头不下雨，但只要下上一点雨立刻就会发大水。没有人气，满目荒凉的硬戈壁上只有坚硬的搓板路向远处无限延伸着。唯一一次看到了一队人，远远地，所有的目光便都被吸引了去，情绪立刻高涨得不得了，个个憋足了劲儿准备好好上前热烈打上几声招呼。但待走近了，看清了，憋了半天的气却一下就泄掉了。那是一队重刑犯人。只见一队人稀稀拉拉很随便地走着，几乎没有人看管。乍还觉着奇怪，但仔细一想也就明白了，根本用不着担心，没有人能从这里跑得出去。不信你就跑个试试，保准跑不了多远就得乖乖地折回来。明摆着，这个鬼地方方圆几百里之内找不到一滴水，不回来就得活活渴死在半道上。

　　每天很早的时候王大珩他们就揣上中午饭，爬到大解放车上颠颠地出发了。基地的站点之间距离都很远，他们得挨个站点跑，大部分时间就都扔在颠簸不平的搓板路上了。

王大珩常利用这个时间想心事。这是王大珩一生中第一次接触到国防。来之前，感觉更多的是一种神秘感：不知道要到哪里去，不知道要去做什么，也不知道要去多长时间。还有许多这样那样的不许：不许通信联络，不许告诉亲友……等。来到这里后，王大珩感觉更多的则是一种沉重感和使命感了。刚来时，基地司令员指着那堆瘫痪着的仪器设备对王大珩说："看看吧，干得好好的，说扔下就头也不回

2005年10月，王大珩院士在家中与校党委书记于佩学亲切交谈

地扔下就走了。这都是钱堆起来的呀，看着真叫人心疼啊！你不知道当时我这心里有多憋气，越想咱中国那句老话说得越对，莫求人，求人难。说到底，涉及国防上的事谁都靠不住，只能靠咱们自己！"王大珩听着便觉得周身的血不住地往头上涌，一股气迅速地在胸中凝聚升腾。在通往各个站点之间那颠簸的搓板路上，王大珩想了很多很多。他不止一次想到了父亲对他讲述的那场惨烈的甲午战争，想到了一百多年来使我们国家无数次蒙羞受辱的落后国防，想到了我们如今还要受制于人的尴尬现状。

王大珩拼了。整整五个月，他带领着大家没日没夜地干，硬是把苏联专家扔下的烂摊子拣了起来，把安装了一半的仪器设备全部检测装修完毕并投入正常运行。

离开基地的时候，正是一年中月亮最圆的日子，八月十五。基地司令员请大家晚上出来赏月。一到赏月现场大伙就忍不住乐了，现场上除了摆着月饼、水果外，还竖着一个大口径跟踪望远镜。司令员得意地说，你们不是专门搞这东西的吗？咱今天就用它来赏月，赏出我们自己的特点来。王大珩自己掏腰包买了些啤酒和栗子也带了来，算是凑个份子。自从来到大西北，大家的心情第一次这么轻松，在杯子、瓶子、饭碗的叮叮当当的碰撞声中，他们喝了一杯又一杯。基地司令员今夜兴致格外高涨，一次又一次地高举酒杯，他说他以一个军人的身份对科学家们表示衷心的感谢，感谢他们能关心国防建设，重视国防建设，感谢他们为国防建设做出了贡献。直感谢得王大珩禁不住心情沉重、满目愧疚。

那晚的月亮出奇的大，出奇的圆。这个硕大无比的大漠圆月和司令员的感谢一起深深地留在了王大珩的记忆之中。

他知道，他从此再也无法丢下"国防"这两个沉甸甸的字了。

从学科科学家到战略科学家

王大珩注定迟早要跨进国防科技的大门。这不仅是因了那轮大漠圆月，更主要的还是他的光学。因为光学不但是常规武器的眼睛，在原子弹、导弹的研制中光学更有着独特的地位。

在新中国的发展史上，有个一直使人困惑不解的问题，这就是中国共产党人怎么会选择在六十年代初那个内外交困的最艰难的时刻开始原子弹的研制！当世界充满了阴冷敌视的目光时，当灾难性的大饥荒正

2005年10月，校党委书记于佩学，副校长徐洪吉到王大珩院士家中拜访

趁火打劫席卷全国时，当贫穷落后还像标签一样牢牢烙在中国的额头上时，中国共产党人却勒紧裤腰带，开始了向世界性的尖端武器——原子弹、导弹的进军。

有一个答案是肯定的，就是一百多年来外虏侵略的历史在中国人的心中结下了太深的国防情结，过去那个有国无防的中国给中国人留下了太多的痛苦回忆。执政后的中国共产党人深深懂得，若不想叫那样的历史重演，就不能只打造护家的围栏，而必须掌握具有威慑力的战略武器，并且越早越好，因为没有人会等你填饱了肚子后再来打你。

1960年，中国，这个被列入世界上最不发达地区之一的贫穷落后的大国，以令世人震惊的胆量和气魄制定了以发展尖端武器为主的研制武器装备的战略方针。中国共产党决意克服一切困难，走一条自力更生、独立自主地发展原子弹、导弹的路子。

许多年以后，有人曾这样评价过这段历史：那是一个国防科技得到超前发展的时期。所谓超前是因为中国当时在国防科技方面的发展与其生产力水平极不相称，在生产力水平十分落后的情况下，中国几乎是倾全国之力来搞国防科技的，甚至在某种程度上可以这样说，中国的原子弹是建立在众多老百姓以吃玉米面维持最低生活标准的基础之上的……当然，说这话的时候战争的达摩克利斯剑已经不再高悬在我们的头顶之上了，被侵略的威胁也已经远没有当年那么紧迫了。可是，若没有我们自己的原子弹，会有这后来的一切吗？对这一点最有体验的莫过于毛主席。所以毛主席才会深有感触地说，实践证明原子弹还是要有一点的，有一点就比一点没有好！

据说，在研究落实研制原子弹、导弹的各项工作时，钱学森说了一句话：原子弹、导弹中的光学设备一定要让长春光机所来做！钱学森的这句话使长春光机所从此正式走入了国防科技领域。此后不久，长春光机所

中国光学科学的奠基人
——著名科学家王大珩

就接受了以
150 工程为主
的一系列国防
科研项目。

150 工程
是长春光机所
自成立以来承
担的最大最重
的一个科研项
目。150 工程
所要求的技术
之复杂，水平
之高，工程设
计量之大，研

制周期之短，都是以往承担的诸多科研项目所无法能
比的。150工程本身集技术光学、机械与精密机械仪
器制造、光学材料、导航、红外物理等多种学科为一
身的特点，决定了必须要选择一个博学多才、能统领
起各方面的人来担此重任。王大珩当之无愧地承担起
了150工程总工程师的重任。

在动员大会上，王大珩讲得很动情。他说，有人
问我，从发展前途的长远观点来看，我们到底是应该

发展军品还是应该发展民品？我回答说，无论从哪个角度来看，我们现在都应该优先发展军品。为什么这么说呢？第一，没有国防根本就无从去谈发展！八国联军打进来的时候，我们上哪去谈发展！日本人侵略我们的时候，我们还有什么可能去谈发展！第二，道理更简单，民品是可以买得到的，只要拿出钱来人家就肯卖给你。但军品可是花多少钱也买不来的呀，人家不会心甘情愿地用自己的先进东西把你给武装起来！我给大家讲一件事情，不久前我们从欧洲的一个国家进口了一吨半重的军用先进仪器，因为国际上卡我们，这期间来来回回费了许多的周折，好不容易才把这些仪器弄回来了。你们想象得出来为了买这一吨半的仪器我们国家拿出了多少钱吗？一吨半黄金那叫一吨半黄金啊！贵不贵？不用说谁都知道贵，太贵了！可人家心里明白再

青年时代的王大珩

贵你也得买，因为你自己没有，因为你自己搞不出来！
就这么贵，也算是照顾你了，要不然人家压根就不肯
卖给你！在座的各位都是做科研工作的，听了这样的
事，你们还能睡得着觉吗？我就睡不着！让国家这么
为难，我们还有什么理由奢谈自身的发展？没有别的
选择，我们只能干，我们不干谁干？

由几百人参加的庞大的150工程就轰轰烈烈地干
起来了。当年参加搞150工程的人一提起来都是这句
话：那年头人气足！的确，那时候人气是足。说干什
么，呼呼啦啦一下就干起来了。几百号人没日没夜地
拼命干，成天的加班，成月的加班，成年的加班。当
年承担机械加工工艺的赵君鹏老人说："搞150的时
候，所有的精度都在我的手里，王所长特别重视我们
这块儿，只要我一加班，他准跟着加班，有什么问题
当时就研究，当时就解决。较劲儿的时候几天几夜不
离开工作现场，困急眼了随便靠在哪打个盹儿，睁开
眼睛再接着干。要知道，那是啥时候呀？是饿肚子的
时候！一顿饭就一个二两的馒头还得抠掉一点，高粱
米糠吃得一多半的人浮肿。科研人员哪个不是空着半
个肚子，拖着两条肿得老粗的腿。可光机所那西黄楼
的灯就是通宵不灭！"

1963年4月，国防科委、国防工办和中国科学院

联合在北京召开了150工程第五次会议。这次会议明确支持了王大珩的一竿子插到底的观点，决定由光机所从研制到提供产品全面负责下来，从而结束了"一竿子"与"半竿子"的争议。在王大珩的严密组织下，150工程始终进展得十分顺利，这项参加人数多达600人、历时五年半之久的大型科研工程竟一次试验成功，其中的几百个项目都顺利地通过了国家的鉴定。1966年4月，150工程正式整体通过国家鉴定。150工程成功地开创了我国自行研制大型精密光测设备的历史，为国家节约了大量外汇，为独立自主地发展我国尖端技术做出了突出的贡献。

此后的许多年间，光机所多次承接国防科研任务，一次又一次地在国防科技领域中取得了令人瞩目的成就。

1964年10月16日，随着一声震撼世界的巨响，一朵巨大的蘑菇云从中国的大地腾空升起，它以惊人的姿态向世界展示着一个古老国度所拥有的新的力量。

中国共产党人的胆略和能力再一次得到了印证——中国第一颗原子弹爆炸成功了。

1985年，鉴于长春光机所在国防领域中的一系列突出贡献，国家授予长春光机所"全国国防军工协作先进单位"的称号。在全国国防军工协作工作会议上，

王大珩作了题为《为我国国防光学工程现代化而奋斗》的报告。同年10日，光学方面历年研制的国防科技成果，以"现代国防试验中的动态光学观测及测量技术"为总项目名称，获国家首次颁发的科技进步特等奖。王大珩由于他的特殊贡献而获得了个人特等奖。

当历史走到20世纪80年代以后时，当中国那扇紧闭的朱红大门终于开启了的时候，世界惊奇地睁大眼睛，发现东方伫立着一个鲜为人知的光学大国！

中国拥有了一支世界瞩目的光学队伍。

从王大珩领到1400万斤小米筹办仪器馆起，中国的应用光学就开始在几近空白的基础上一步步地发展起来了。王大珩创建和领导的长春光机所作为中国应用光学的发源地、摇篮和基地，如今已经发展成为一个各类专业科技人员配套，科研生产条件齐备，技术基础雄厚，并具有光、机、电及计算机应用等多学科综合研究与开发优势的高水平的科研机构。几十年间，王大珩在领导长春光机所发展自身的基础上，又着手分别组建了西安光机所、上海光机所、安徽光机所和四川大邑光电技术所，并倡导和亲手创建了一所专门培养光机人才的理工科大学——长春光学精密机械学院。长春光机所一个"老母鸡"竟下了五个与她自己一样大的"蛋"！——这成了流传在中国科技界的一个真实的神话。

经过几十年的努力，目前，中国已经拥有了一个多达15万人的世界上最庞大光学队伍，并拥有了360个光学工厂和72个光学研究所，还有近40所大学设立了光学专业、22个大学设立了光学仪器专业。

中国有着许多令世界光学界瞩目的科研成果。

长春光机所研制出第一台电子显微镜的时候，世界上只有极少几个国家可以制造。而在长春光机所问世的中国第一台红宝石激光器，距世界上激光器的出现只晚了一年多的时间。还有100多种的各类光学玻璃，有原子弹、氢弹、卫星中的光学设备等。王大珩的学生、著名光学专家、南开大学校长母国光教授在八十年代初时曾应邀在美国的一个光学会议上做关于中国光学情况的报告，后来，母国光教授在庆祝长春光机所成立四十周年的讲话中，详细介绍了那次报告后美国光学界对中国光学成就的反应。这是一篇非常有意思的讲话，现摘录如下：

在1980年的时候，美国还不了解中国光学是什么样子，当时相当多的美国专家是抱着这心情来听我的报告的。我向他们讲了几件事实，来说明中国光学的成就……更引起他们兴趣的是，我说在中国有个长春，在长春有个中国科学院的长春光机所，为中国的光学工业，为中国的应用光学奠定了很好的基础。如它用自己的力量、自己的材料，熔炼了一百多种光学玻璃，并把带去的光学玻璃目录、光学图打到幻灯上给他们看，大家热烈鼓掌。中国还会熔炼光学玻璃吗？还能熔炼一百多种吗？他们感到惊奇。我又接着说，在中国用我们的计算机、计算器，自己设计了复杂的光学系统，而且造出了这个光学系统。大家都知道中国有"两弹一星"，这"两弹一星"所需要的光学仪器是谁卖给我们了呢？是美国人吗？你们回答：不是，美国不肯卖给中国！是德国吗？德国不见得有。日本吗？没有。苏联不卖！这样大型的、精密的跟踪仪器是由我们自己设计并把它造出来的！这仅是我们光学取得成就的一部分。大家为这个热烈鼓掌。我报告完之后，带着我去的一位中国籍教授，他本来是很不大愿意请客的，花钱很仔细，但这天他非常高兴，他说母教授今天晚上我要请客。我在美国25年从没有得到今天这么高的荣誉，这种荣誉是长春光机所争得的。在美国当了25年的教授，他没有得到这个荣誉，而我们这些平平常常的，看起来很不起眼的一些人，通过党的领导，老同志的带领，我们取得了成绩，是值得骄傲的。

十几年之后，最近美国光学学会又邀请我

中国光学科学的奠基人
——著名科学家王大珩

们一定要写一篇同样题目的文章。我跟大珩先生讨论要不要写这篇文章，大珩先生说应该写，应该把最近十年改革开放取得的成绩在世界上介绍出来。所以，我就写篇文章寄给了美国光学学会的一个杂志，他们刊登了。但在我们还没拿到这份发表资料时，美国加州的中华光电学会很快就把这篇文章翻成中文，发表在他们办的"光电联络"杂志上。他们为什么急不可待地发表这篇文章呢？因为这个学会是中华民族的，主要还是台湾去的一些人在美国成立的光电学会，他们以这篇文章为骄傲，觉得我们中国这十年来做的光学研究非常有成绩，值得向世界推荐。我在这篇文章里还是主要介绍我们所的工作。（注：母国光教授曾于1956年在长春光机所学习一年多，故称"我们所"。）为我们所取得的成绩感到骄傲，同时分享了你们的快乐。

长春光机所不仅以成果饮誉海内外，同时她也为中国光学事业发展奠定了基础，起到非常良好的引导作用，更重要的是为中国的光学、应用光学培养了大批的一代又一代的优秀人才。这件事情我们自己恐怕不好说，优秀人才是谁呢？是张三呢，还是李四呢？数量上一批又一批。我想还是引外边人对我们的评价好一些。大家都知道，六月份，南开大学授予吴大猷教授一个名誉博士学位。吴大猷先生是国际上很知名的物理学家，他早年就读于南开大学。他在今年五月份跟布什总统一起获得了美国密西根大学的名誉教授、名誉博士。吴大猷先生在物理界，在科学界是一位既懂管理又懂学科的著名专家，也是很受尊敬的一位专家。他是王大珩先生的老师。大珩先生与他见面谈了一个多小时，将国内情况做了介绍，给他看了一些国内成果的幻灯片。这里有许多是长光所的工作，如跟踪经纬仪、光学玻璃都是长春做的成果。他回到台湾在一篇报道里说：王大珩先生向我谈的中国光学界做的这些工作，真使我感到羡慕，在大陆上不仅成果累累，而且人才济济。我想一个四十多年没回国的人，他回过头来看国内光学的发展，他承认我们很多人没有博士学位，没有硕士学位，但是做出了能在国际上站得住的成绩，这样的人才相当一部分是我们长春光机所培养出来的。长春光机所像母鸡下蛋一样，向西安光机所、上海光机

中国光学科学的奠基人
——著名科学家王大珩

王大珩

所、安徽光机所、成都光电所输送了一批一批
的干部，使这些新的光机所很快地得到发展。

长春光机所40年的光荣历史及其作出的
很大贡献是有口皆碑的，谁到长春来都知道长
春有个汽车城，同时有个光学城。

……我为有你们这样一个现代化的一流的
光机所而感到自豪！

1986年3月3日，一份《关于跟踪研究外国战略性
高技术发展的建议》通过非正式渠道呈送到邓小平面
前。上面附着一封措辞简短的信：

敬爱的小平同志：

首先向您致敬！

我们四位科学院学部委员（王淦昌、陈芳
允、杨家墀、王大珩）关心到美国"战略防御
倡议"（即"星球大战"计划）对世界各国引
起的反应和采取的对策，认为我国也应采取适
当的对策，为此，提出了"关于跟踪研究外国
战略性高技术发展的建议"。现经我们签名呈
上。敬恳查阅裁夺。

我们四人的现任职务分别是：

王淦昌核工业部科技委副主任

陈芳允国防科工委科技委专职委员

杨家墀航天部空间技术院科技委副主任

王大珩科学院技术科学部主任

王大珩敬上

1986年3月3日

邓小平的目光停在了王大珩三个字上……

3月5日，看过四位老科学家联名签署的《关于跟踪研究外国战略性高技术发展的建议》之后，邓小平当即作出批示：此事宜速作决断，不可拖延！

"从863计划"到"两弹一星功勋奖章"

1986年11月18日，国务院正式发出了关于《高技术研究发展纲要》的通知。至此，一个面向21世纪的中国战略性高科技发展计划正式公之于众。

这个计划根据王大珩等人提出的建议，采取了制定有限项目实行重点突破的方针，重点选择那些对国力影响大的战略性项目，强调项目的预研先导性、储备性和带动性，并按照邓小平的指示，实行军民结合，以民为主的原则，这是一个跟踪国际水平、缩小国内

中国光学科学的奠基人
——著名科学家王大珩

外科学技术水平的差距、在有优势的高技术领域创新、解决国民经济急需重大科技问题的国家高技术发展计划。由于促成这个计划的建议的提出和邓小平的批示都是在1986年3月进行的，这个由科学家和政治家联手推出的名字"863"一下就叫响了。

举世瞩目的"863计划"就这样诞生了。

10年后，1996年3月21日，北京的一家报纸在头版醒目位置这样向人们介绍着硕果累累的"863"：

"863"使美国麦道公司与我们合作生产飞机机头；

"863"使15000多种军工产品转为民用，增加产值上百亿元；

"863"使卫星覆盖率达国土的80%以上，天气预报的准确率大大提高；

"863"使每位国民多得口粮25公斤；

"863"使中国人拥有"工业领先"的企业；

"863"使每个新生儿对乙型肝炎免疫；

"863"使共和国拥有向世界科技前沿冲击的队伍；

"863"在"九五"期间的实施将强有力地支持国民经济的发展，到2010年，我国高新技术产业产值占工业总产值的比重将从1994年的8.3%增长到25%……

这就是"863"！

显然，这家报纸是想用直观的例子和更接近老百姓生活的描述来说明"863"。其实，"863"何止如此！

到1995年底，"863计划"囊括的7个高技术领域中所选定的2800多个课题，已有1398项（占49.9%）完成并取得了成果鉴定。其中：550项达到国际先进水平（占39.3%）；475项已进入应用领域（占33.9%）；133项已转化为产品（占9.5%）。在参加"863计划"的3万人次科研人员中：有数百人被培养成为决策层次的专家，其中数十人已被接受为科学院或工程院院士；同时还培养出博士后207人；博士1490人；硕士3868人。

这些，也许还不是"863"的全部。

"863"把中国一下子推到了世界高科技竞争的起跑线上，再一次点燃了中华民族的希望之光，她必将照亮中国人做了几代的强国之梦！

"863"之后，王大珩以更大的热情投入科学咨询活动中去了。他充分利用参加人大和政协这样一些国家最高政治活动的机会，积极参与提案工作。几年来，出自王大珩之手的重要提案不断：1988年，王大珩作为全国政协委员，在第七届全国政协会议上提出了《应恢复政协中科协专组的意见》，后在会上得到通过，在政协中恢复了"文化大革命"前的科协组；1989年，

王大珩

鉴于国际上激光核聚变研究的新进展，王大珩与王淦昌共同向国家提出了《开展我国激光核聚变研究的建议》。此项建议后得到有关方面的批准，并已开始实施；1989年，在王大珩的积极倡导下，成立了我国颜色标准委员会，最终制成了我国国家级的颜色标准样册。其间还为我国国旗制定了法定颜色标准；1992年，在中国科学院学部大会上，王大珩和其他五位学部委员（院士）联名向中央提出了《关于成立中国工程院的建议》。这一建议得到中央和国务院的批准，工程界盼望已久的中国工程院遂于1994年正式成立。

在王大珩的努力下，世界性的光学组织国际光学委员会（1CO）于1987年正式吸收中国为其会员国。

由于王大珩杰出的工作和威望，1990年11月，他被选为亚洲太平洋光学联合会（APOF）的副主席。这一地区性的学会包括以日本、朝鲜、中国、印度、巴基斯坦、澳大利亚、新西兰等7国为圆周的大片地区和国家。APOF只设主席一名，副主席二名。

1991年，王大珩当选为国际光学工程学会会士。

1999年，中共中央、国务院、中央军委决定，授予他"两弹一星功勋奖章"。

中华魂·百部爱国故事丛书
提　要

《誓与禁烟相始终——民族英雄林则徐》

林则徐严禁鸦片，坚决抵抗西方列强的侵略，坚持维护国家主权和民族利益。他是中国近代历史上第一位睁眼看世界的人，是抗击帝国主义殖民侵略的第一人，是中华民族抵御外侮过程中伟大的民族英雄。

《血洒虎门御敌寇——抗英将军关天培》

民族英雄关天培，在第一次鸦片战争中为了抗击英国侵略者的入侵而血洒虎门，为国捐躯，谱写了一曲可歌可泣的英雄赞歌。关天培用他的生命，书写了中国人民反抗外侮的历史。

《威震镇海靖节魂——抗敌英雄裕谦》

在第一次鸦片战争期间的众多牺牲者中，有一位官阶最高，他就是两江总督裕谦。裕谦与外国侵略者斗争立场坚定，与国内妥协派、投降派斗争态度坚决。裕谦督战镇海，与英国侵略军浴血奋战，临危不惧，以身报国，浩气长存。

《斩邪留正解民悬——太平天国领袖洪秀全》

农民出身的洪秀全，从失意文人到起义领袖，经历了长期的思想演变过程，在外敌入侵、清朝政府腐朽的历史环境之下，顺应时代的潮流，成长为一位非凡的历史英雄人物，建立了与清朝政府相抗衡的农民政权——太平天国。

《仰承汉唐　荟萃中外——近代数学家李善兰》

李善兰是我国19世纪重要的科学家之一，在数学、天文学、力学等方面都有重大建树。他继承了我国古代数学的成就，又以极大的热情传播西方科学文化，"仰承汉唐，荟萃中外"，把自己的一生献给了科学事业。

《严谨治学　勇于探索——近代著名数学家华蘅芳》

华蘅芳，中国近代数学家之一。其精通中国古算学，并熟练掌握西方近代数学，是中国验证抛物线并著书立说的参与者。为了证明"外国有的，中国也能造"而鞠躬尽瘁，在引进西方科学技术、传播科学知识上贡献卓著。

《折冲樽俎护山河——近代著名外交家曾纪泽》

曾纪泽是中国近代史上著名的爱国外交家，在中俄伊犁交涉事件中，他秉承抵抗列强、保卫国家的坚定意志，利用外交手段全力同沙俄抗争，捍卫了国家主权、民族尊严，收回了祖国的领土，在近代中国外交史上留下了光辉的一页。

《甲午海战留英名——民族英雄邓世昌》

邓世昌，北洋水师名将。本书以邓世昌的成长过程为线索，以代表性的历史故事为主要内容，还原真实的历史事件，突出鲜明的人物性格。邓世昌因在中日甲午海战中突出的英雄气概而名垂史册，书写了伟大的爱国主义篇章。

《誓与舰队共存亡——北洋水师提督丁汝昌》

丁汝昌处在清朝政府的腐朽和李鸿章的专断下，难以施展爱国的抱负，壮志未酬，愤恨而终。但丁汝昌为建立近代海军作出的巨大贡献，带领北洋舰队爱国官兵勇抗强敌的英雄事迹，将永远为后代所传颂。

《镇南关上凯歌扬——抗法老英雄冯子材》

1885年中法战争中，年逾古稀的冯子材为抵御外国侵略，勇赴国

难，大败法军于镇南关，并乘胜追击，接连收复文渊、谅山等地，从根本上扭转了中法战争的局面，成为近代民族英雄的杰出代表。

《屡败法军逞英豪——黑旗军将领刘永福》

刘永福是黑旗军的创建者，是农民出身的杰出军事家、政治活动家。在19世纪发生的援越抗法、中法战争中，他率部与帝国主义侵略者进行了殊死的战斗，建立了卓越的功勋，成为我国近代史上著名的民族英雄，为后世所景仰。

《矢志变法强国家——戊戌变法领袖康有为》

康有为是清末民初最有影响力的思想家之一。他领导了中国知识界的启蒙运动，掀起了一场自上而下的政体改革。他最早在中国提出了立宪政体和具体的宪政方案，主张在坚持儒家传统和帝制的前提下，学习西方经验，他的进步思想对近代中国具有深远的影响。

《开民智以报国　普新知而图强——戊戌变法思想家梁启超》

梁启超，中国近代史上著名的政治活动家、启蒙思想家、史学家、文学家，戊戌变法领袖之一。本书以百日维新思想家梁启超的成长过程为线索，以代表性的历史故事为主要内容，还原真实的历史事件，突出鲜明的人物性格。

《我自横刀向天笑——维新志士谭嗣同》

谭嗣同在民族危机的严重时刻，投身改革救中国的洪流。为了带给祖国一个光明的未来，紧要关头，他挺身而出，用自己的鲜血激励后人，把宝贵的生命献给了变法事业。

《睡乡敢遣警世钟——用生命警策国人的陈天华》

陈天华是民主革命的活动家和宣传家。他写的《猛回头》《警世钟》等书，起到了革命启蒙的重大作用。为了激发留日学生的爱国情怀，他不惜投海自杀，演出了近代史上感人至深的一幕，给后人留下了难忘的印象。

《革命军中马前卒——民主斗士邹容》

革命乃"至尊极高，独一无二，伟大绝伦之一目的"；它是"天演之公例，世界之公理，顺乎天而应乎人"的伟大行动。因此，必须"仗义群兴革命军"。他激情高呼："革命独子万岁！中华共和国万岁！"这就是《革命军》的作者，中国近代著名资产阶级革命宣传家邹容。

《休言女子非英物——鉴湖女侠秋瑾》

为民族解放和妇女解放而英勇斗争的秋瑾，冲破封建礼教的思想牢笼，打碎封建精神枷锁，崇仰真理，追求光明，主张共和，坚持男女平等，最终献出了自己年轻的生命。

《血溅校场　杀身成仁——民主斗士徐锡麟》

本书讲述了反清志士徐锡麟弃文从武、投身反清革命事业，最终被清政府杀害的故事。出于对国家的热爱，徐锡麟献出自己的生命，他的事迹将永远激励后人深切缅怀这位民主革命的先驱。

《生可死耳　我志长存——献身民主的禹之谟》

禹之谟，民主革命党人，同盟会会员，近代资产阶级革命家、实业家。1886年，20岁的禹之谟"提三尺剑，挟一卷书"游历四方，研究西方社会政治学说，忧国忧民之心日趋强烈。戊戌变法失败，他丢掉改良幻想，倡革命救亡之说，走上民主革命道路。

《物竞天择　适者生存——资产阶级启蒙思想家严复》

严复是中国近代著名的启蒙思想家、翻译家和教育家。他长期从事教育和翻译事业，为近代中国人才培养和思想启蒙做出了重要贡献，同时他也为中国的翻译事业和中西思想文化交流做出了重要贡献。

《辛亥革命急先锋——资产阶级革命家黄兴》

黄兴，清末民初资产阶级革命家，中华民国开国元勋。黄兴在武昌首义及辛亥革命时期的爱国表现，与孙中山闻名于当时，常被时人以"孙黄"并称。本书以资产阶级革命活动实干家黄兴的成长过程为线索，歌颂了先辈伟大的爱国主义精神。

《矢志革命　百折不回——近代民主革命家廖仲恺》

廖仲恺追随孙中山踏上了创立民国与捍卫共和制的旧民主主义革命

之路；在新民主主义革命时期，他为建立、巩固首次国共合作和实施三大政策，英勇奋斗，为国殉职，洒尽了一腔热血。

《将军拔剑南天起——护国英雄蔡锷》

蔡锷是中国近代史上的杰出军事家、爱国者。他的一生短暂而伟大。辛亥革命爆发，他毅然投身于革命洪流之中，领导云南重九起义，对武昌起义积极响应。袁世凯窃国复辟、恢复帝制的阴谋暴露出来以后，他又毅然举起了武装讨袁的旗帜。

《反帝反封建运动——五四青年的爱国故事》

五四运动是一次伟大的反帝反封建的爱国运动；是一个伟大的历史转折点；是中国人民的斗争从挫折走向胜利的一个关节点，它为中国的前进开辟了一条全新的道路，拉开了中国新民主主义革命的序幕。

《思想自由　兼容并包——著名教育家蔡元培》

蔡元培是中国近现代著名的民主革命家和教育家，一生经历风雨，却始终信守爱国和民主的政治理念，致力于废除封建主义的教育制度，奠定了我国新式教育制度的基础，为我国教育、文化、科学事业的发展做出了富有开创性的贡献。

《为国家争光　为民族争气——中国铁路之父詹天佑》

詹天佑是我国最早的杰出铁道工程师，因主持建造京张铁路而闻名中外，被誉为"中国铁路之父"。他为祖国的铁路事业贡献了毕生的精力。本书向读者展示了詹天佑热爱祖国、科技兴国的辉煌人生。

《实业救国　衣被天下——轻工之父张謇》

张謇是爱国实业家、教育家。他年轻时中过状元。过了40岁，开始投身工商实业活动中，他的名言是"富民强国之本在于工"。在南通，创办大生丝厂、银行等各种实业。并将创办实业的大部分所得投入教育。他的观点是，教育和实业一样，也是"富强之大本"。

《心向革命　追求光明——平民将军冯玉祥》

冯玉祥将军"是一位从旧军人转变而成的坚定的民主主义战士"。

抗日战争期间，他辗转各地，用实际行动积极抗战。日本战败投降后，他为了断绝美国的援蒋内战，又在美国四处演说，揭露蒋介石统治之黑暗，痛斥美国阴谋分裂中国的不良行为。

《刑场上的婚礼——革命烈士周文雍　陈铁军》

周文雍是广州起义的主要领导人之一。陈铁军出身于华侨商人家庭，却毅然投身革命洪流。1928年1月，两人接受派遣，回到广州假扮夫妻从事革命斗争，却不幸被捕。临刑前，两位烈士将敌人的枪声当作自己婚礼的礼炮，用生命和爱情谱写出一曲千古绝唱。

《星星之火　可以燎原——井冈山斗争的故事》

1927—1929年，毛泽东、朱德等老一辈革命家，在井冈山创建了农村革命根据地，进行了艰苦卓绝的斗争，建立了新型革命武装，点燃了工农武装革命之火，找到了农村包围城市最后夺取政权的中国革命的正确道路。

《新民学会的主要发起人——中国共产党早期革命家蔡和森》

蔡和森青年时期曾与毛泽东等人一起组织进步团体新民学会，参加五四运动，并在赴法国勤工俭学时研读大量马克思主义著作，回国后以满腔热忱投身革命事业，成为中国共产党早期重要的理论家和宣传家。

《威震黄浦江畔　高奏抗日壮歌——一·二八淞沪抗战》

面对日本侵略者的挑衅，十九路军在蒋光鼐、蔡廷锴的带领下，高举义旗，奋力一搏。一·二八淞沪抗战，是中国军人捍卫军人荣誉和祖国尊严所发出的吼声，谱写了一曲抗击日军侵略的英雄壮歌。

《将军恨不抗日死——慷慨就义的吉鸿昌》

在国难深重的20世纪30年代，吉鸿昌将军因拒绝执行国民党指示，坚决不打内战，被迫携眷出国"考察"。回国后，他加入中国共产党，组织了民众抗日同盟军，英勇打击日本侵略者，后于1934年11月被国民党反动派杀害。

中国光学科学的奠基人

《献身革命　甘于清贫——梅岭忠魂方志敏》

　　大革命失败后，方志敏凭着"两条半步枪"起家，身经百战，创建了赣东北革命根据地和红十军。本书真实记录了方志敏投身于革命、领导红军和敌人进行艰苦卓绝斗争的经历，歌颂了烈士贫贱不移、威武不屈、献身革命的高尚品质。

《奏响中华最强音——人民音乐家聂耳》

　　聂耳在他有限的生命中创作了数十首革命歌曲，在抗日救亡运动中，聂耳的这些歌曲产生了广泛深远的影响。他的音乐创作为中国无产阶级革命音乐的发展指明了方向，树立了榜样。

《横眉冷对千夫指——中国文化革命主将鲁迅》

　　鲁迅不但是伟大的文学家，而且是伟大的思想家和伟大的革命家。在那风雨如晦的黑暗年代里，他以笔为投枪，同一切帝国主义和反动派进行了顽强的战斗，为中国人民树立了一个不朽的丰碑。他是新文化战线上的一面光辉旗帜，是我们伟大民族的灵魂。

《铁流两万五千里——红军长征的故事》

　　红军长征是人类历史上的一次伟大的壮举。第五次反"围剿"失败后，中国工农红军的三大主力在极端艰难的条件下，突破国民党军队的围追堵截，进行了史无前例的战略大转移，总行程达两万五千里以上。途中发生了许多动人故事，至今令人难以忘怀。

《荣辱不移革命志——创建陕北红军的刘志丹》

　　刘志丹是杰出的无产阶级革命家、军事家，西北红军和西北革命根据地的主要创始人之一。他一生热爱人民，追求真理，英勇善战，百折不挠，艰苦奋斗，忠心赤胆，为创建红军和革命根据地、为中国人民的解放事业建立了不可磨灭的功勋。

《英名永存北平城——爱国将领佟麟阁　赵登禹》

　　1937年7月28日，日军向北平郊区发动进攻。第二十九军副军长佟麟阁奉命在南苑率部与日军苦战，腿部受伤，头部被敌机炸伤，壮烈殉国。第一三二师师长赵登禹指挥部队顽强抵抗日军，右臂中弹负伤，仍继续作战。后在转移途中遭日军截击而牺牲。

《八百壮士　四行仓库铸军魂——谢晋元和他的战友们》

八一三抗战，中国军人以血肉之躯揭开全面抗战的帷幕。这是一场血战，是中国军人不屈不挠的英雄诗篇，其中的八百壮士守四行，成为这首英雄颂歌中最动人、最凄美的音符。一曲四行保卫战，铸就了不屈的军魂。

《八女投江　气贯长虹——八位抗联女战士》

抗日战争时期，以冷云为首的东北抗日联军8名女战士，为捍卫民族尊严，面对凶残的日寇，镇定自若，宁死不屈，投江殉国，表现了中华民族同敌人血战到底的英雄气概。她们的光辉形象，激励着千千万万的后来人。

《艰苦抗战　威震敌胆——著名抗日英雄杨靖宇》

杨靖宇将军是我国著名的抗日民族英雄。曾先后担任磐石游击队政治委员、东北抗日联军第一军军长兼政委、抗日联军总司令等职。领导军民对日寇坚持了长达9个年头的艰苦卓绝的斗争，最终以身殉国。

《死也不当亡国奴——镜泊抗日英雄陈翰章》

陈翰章，从1932年8月投笔从戎，直到1940年12月8日为抗击日本侵略者，战死在镜泊湖畔。他在抗日疆场上奋战了九年，他那可歌可泣的英雄事迹将为人们永世传颂。

《名将殉国　气壮山河——抗日将军张自忠》

著名抗日将领、民族英雄张自忠，生于忧患的时代，抱有"宁为百夫长，胜作一书生"的志向，经历过失败与低谷，最终成就了慷慨人生。本书主要以人物活动为主，勾画出一个真正的"民族魂"鲜活的人生，会带给读者振奋的力量。

《宁死不辱战士名——狼牙山五壮士》

1941年日寇在河北易县"扫荡"。为掩护群众和主力部队撤退，五

位八路军战士毅然把敌人引上了狼牙山棋盘坨峰顶绝路。弹尽粮绝、无路可退，五位英雄纵身跳下了万丈悬崖，用生命和鲜血谱写出一曲惊天地泣鬼神的壮举。

《太行浩气传千古——抗日名将左权》

左权，中国工农红军和八路军高级指挥员，著名军事家。是八路军在抗日战场上牺牲的最高指挥员。名将阵亡，太行山为之垂首，全党为之悲痛。周恩来称他"足以为党之模范"，朱德赞誉他是"中国军事界不可多得的人才"。

《虎将兴关外 抗倭统雄师——抗联英雄赵尚志》

本书描写了久经考验的共产党员、东北抗联的创建者和主要领导人赵尚志，在艰苦卓绝的条件下，坚持抗战，威震敌胆，战功卓著，忍辱负重，忠贞不屈，为国捐躯的英雄故事，为青少年读者呈上一部爱国主义的佳作。

《黄埔之英 民族之雄——抗日名将戴安澜》

抗日名将戴安澜，先后参加保定、漕河、台儿庄、武汉、昆仑关等战役，作战英勇，屡建奇功；入缅作战，"扬威国外，藉伸正义"；守东瓜，复棠吉；殒身缅北，遗恨丛林，马革裹尸，成就了光辉的一生。

《爱国志士 民主先锋——新闻出版家邹韬奋》

本书讲述了邹韬奋献身新闻出版事业的奋斗历程，展现了一位新闻工作者坚定的革命信念和炽热的爱国主义精神，全心全意为人民服务、为读者服务的奉献精神，歌颂了他的高尚情操和优良品质。

《为抗战发出怒吼——人民音乐家冼星海》

人民音乐家冼星海，青年时期在巴黎求学，饱尝屈辱与磨难；学成后毅然回到多灾多难的祖国，用满腔热忱谱写激昂的音乐，鼓舞中华儿女的斗志；奔赴延安，谱写出不朽的名作《黄河大合唱》，发出中华民族抗日救亡的怒吼。

《全民皆兵　抗击日寇——抗日战争的故事》

中国人民进行的十四年抗战，是一百多年来中国人民反对外敌人侵第一次取得完全胜利的民族解放战争。这场战争是以国共两党合作为基础，有社会各界、各族人民、各民主党派、抗日团体、社会各阶层爱国人士和海外侨胞广泛参加的全民族抗战。

《捧着一颗心来　不带半根草去——人民教育家陶行知》

陶行知是我国现代教育史上伟大的人民教育家、教育思想家。他从青年起就立志献身教育事业，以"捧着一颗心来，不带半根草去"的赤子之心，为人民的教育事业鞠躬尽瘁。

《为民主与和平拍案而起——民主斗士闻一多》

闻一多早年与梁实秋等人发起成立清华文学社。赴美留学期间由对祖国的深深眷恋而创作著名的《七子之歌》。后在西南联大任教8年，积极投身于抗日运动和争取民主的斗争，发表了著名的《最后一次讲演》。

《铁窗难锁钢铁心——革命先烈王若飞》

王若飞是我党早期杰出的无产阶级革命家。在艰苦卓绝的斗争中，他出生入死，屡建奇功，以超人的睿智和胆略，在敌人的监狱中，同敌人展开了殊死的较量，为抗战的胜利和新中国的诞生做出了卓越的贡献。

《横扫千军　还我河山——抗联名将李兆麟》

李兆麟是东北抗日联军创建人之一，他率领抗日联军历尽千难万险与日本侵略者浴血奋战，在极其艰苦的条件下，保存了抗日联军的有生力量，为东北光复做出了重大贡献。

《锄头开出新天地——解放区大生产运动》

为了解决困难，渡过难关，党中央号召党政军民齐动手，开展大生产运动。中国共产党在其控制区域内发动的一场军队屯田和鼓励生产的群众运动，达到了自己动手丰衣足食，共度难关，既进行革命又进行生产自足的目的。

《生的伟大　死的光荣——女英雄刘胡兰》

刘胡兰，坚贞不屈的少年女英雄。生前对我国劳动人民的解放事业无限忠诚，在敌人威胁面前，大义凛然，毫无惧色，英勇牺牲，表现了共产党员的高贵品质。

《饿死不领美国救济粮——爱国知识分子的楷模朱自清》

朱自清作为爱国知识分子的典型，以锐利的笔锋直言痛斥反动政府的暴行，体现了他崇高的爱国情怀和不畏恶势力的精神品格。毛泽东曾给朱自清先生以高度评价："一身重病，宁可饿死，不领美国的'救济粮'"，"表现了我们民族的英雄气概"。

《为了新中国前进——舍身炸碉堡的董存瑞》

伟大的英雄，中国人民的儿子董存瑞，从儿童团长成长为一名光荣的解放军战士，在1948年解放隆化县城时，舍身炸碉堡，为新中国献出了自己年轻的生命。他的英雄形象永远留在人民心里。

《宁死不屈的共产党员——革命烈士江竹筠》

江竹筠，就是著名的江姐。1947年春，她负责《挺进报》工作，只几个月的时间，报纸就发行到1600多份，引起了敌人的极大恐慌。由于叛徒出卖，江姐不幸被捕，惨遭毒刑的残酷折磨，仍坚贞不屈。最后被特务秘密枪杀，年仅29岁。

《抗美援朝　保家卫国——志愿军的战斗故事》

抗美援朝战争是中国人民志愿军为援助朝鲜人民、保卫祖国安全，与美国为首的"联合国军"发生的战争。在朝鲜牺牲的志愿军烈士们，他们英勇的战斗事迹、保家卫国的精神值得我们发扬光大。

《上甘岭上壮烈歌——黄继光和他的战友们》

在1952年10月的上甘岭战役中，黄继光和他的战友们在零号阵地半山腰被敌机枪火力点压制，此时，黄继光身上已经多处负伤，手雷也已全部用光。为了完成任务，减少战友的伤亡，他用自己的胸膛堵住正在扫射的敌机枪射孔，为反击部队扫清了前进的道路。

《诗书印画　全入神品——国画大师齐白石》

齐白石出身贫寒，做过农活，当过木匠，后改学雕花木工，从民间画工人手，摹古人真迹，学诗文书法，融汇古今，而诗、书、印、画俱佳；他将中国画的精神与时代的精神统一得完美无瑕，使中国画得到国际的重视，无愧于"国画大师"的称号。

《毕生为文化而奋斗——中国第一出版家张元济》

张元济参与、主持和督导商务印书馆近六十年，使其从简单的印刷企业转变为当时中国教育出版的旗帜。张元济一生爱书，在中华大地动荡不安的年代里，他用自己对文化的热爱，续存着中华民族灿烂悠久的文明之光。

《独树一帜　梨园大师——著名京剧表演艺术家梅兰芳》

梅兰芳，京剧大师，演唱风格独树一帜，世称"梅派"。曾先后赴日本、美国、苏联演出，并荣获美国波摩那学院和南加州大学的荣誉文学博士学位。作为一位爱国者，抗战期间蓄须明志，拒绝为日本人演出，为后世称颂。

《华侨旗帜　民族光辉——爱国侨领陈嘉庚》

陈嘉庚是著名的爱国华侨领袖、企业家、教育家、慈善家、社会活动家。他为辛亥革命、民族教育、抗日战争、解放战争、新中国的建设做出了卓越的贡献。生前被毛泽东誉为"华侨旗帜、民族光辉"。

《向雷锋同志学习——伟大的共产主义战士雷锋》

雷锋，一个平凡而伟大的共产主义战士，一心向着党，一生秉承着全心全意为人民服务、无私奉献的崇高思想；发扬刻苦学习和钻研理论的"钉子"精神；坚持勤俭节约、艰苦奋斗的优良作风。毛泽东为其题词："向雷锋同志学习。"

《人民的好公仆——县委书记的好榜样焦裕禄》

焦裕禄，被誉为县委书记的好榜样。他用自己的革命精神，展开了与大自然、与社会落后现象、与病魔的多重抗争，让我们领略到一

111

——著名科学家王大珩

中国光学科学的奠基人

个共产党人的生之伟大、死之壮美的人格品质和具有现实教育意义的精神魅力。

《文学巨匠 京味大师——人民作家老舍》

老舍是我国现代小说家、文学家、戏剧家。他用融入骨髓的真诚文字反映生活的喜怒哀乐。老舍的一生，总是在忘我地工作，他是文艺界当之无愧的"劳动模范"，生前被北京市人民政府授予"人民艺术家"的称号。

《革命老人——无产阶级教育家徐特立》

徐特立是一代伟人毛泽东的老师。他出生在贫苦家庭，大部分时间生活在动荡艰苦的年代；他刻苦勤奋，不畏艰辛，追求光明，一生勤俭，为革命培养了大量的人才；他对党和人民任劳任怨，鞠躬尽瘁。他坎坷奋斗的一生，留下了许多可歌可泣的故事。

《人生能有几回搏——新中国第一个世界冠军容国团》

容国团先后担任中国乒乓球队运动员、女队主教练。获得1959年男子单打世界冠军；1961年夺得男子团体世界冠军；作为中国女队主教练，1965年率女队第一次夺得女子团体世界冠军。他的"人生能有几回搏"的豪言，举国传诵。

112

《石油工人一声吼 地球也要抖三抖——铁人王进喜》

王进喜，新中国第一批石油钻探工人。他为祖国石油工业的发展和社会主义建设立下了不朽的功勋，在创造了巨大物质财富的同时，还给我们留下了宝贵的精神财富——铁人精神。他被评为"百年中国十大人物"，写入中华民族的光辉史册。

《做人民需要我做的事——著名地质学家李四光》

李四光是一位伟大的科学家，他一生从事地质学研究工作，足迹遍布祖国的山川，为祖国探明了许多地下宝藏；他创建了崭新的学说——地质力学；他历尽重重困难，为正确认识地质构造开辟了一条新路。

《中国化学工业的先驱——著名化学家侯德榜》

为摆脱纯碱需要进口的窘况，20世纪初，怀着"实业救国"梦想的中国化工先驱侯德榜等人创办了永利碱厂，并立志生产出中国人自己的碱。1926年，永利碱厂终于成功地生产出"红三角"牌纯碱，从此中国制碱业得以跨入世界先进行列。

《毕生求是　一丝不苟——著名科学家竺可桢》

著名科学家竺可桢献身科学研究；治学严谨，一丝不苟；一生廉洁，两袖清风；作风民主，爱护学生。他以爱国之心、报国之志，从一个民主主义者逐渐成长为一个共产主义战士。

《热爱自然的大地之子——著名植物学家蔡希陶》

蔡希陶，五十载风雨，五十载坎坷，五十载奋斗，五十载开拓，为了发现对人类生产、生活有用的植物及新物种的引进而做出巨大贡献，在中国的植物资源学史上将永远镌刻着他的名字。

《高洁无私的襟怀——知识分子的楷模蒋筑英》

蒋筑英是中国当代知识分子的先锋典范，他不为名，不为利，尊重科学；他以坚忍的毅力和顽强的作风，在科学的道路上呕心沥血，鞠躬尽瘁，无私地奉献了青春和生命。

《迎接新生命的天使——卓越的妇产科专家林巧稚》

林巧稚是国内外享有盛誉的妇产科专家。在五十多年的医学教育和临床实践中，林巧稚亲自接生了五万多婴儿，治愈了数千病人，培养了数以百计的专门人才，为我国的妇女儿童事业做出了不可磨灭的贡献。

《独自成千古　悠然寄一丘——国画大师张大千》

张大千是20世纪中国画坛最具传奇色彩的国画大师，无论是绘画、书法、篆刻、诗词无所不通。在艺术界深得敬仰和追捧，艺术家们用真挚的感情，用绘画和雕塑展现了"张大千"多彩的艺术形象。

《建造中国的通天塔——著名数学家华罗庚》

中国当代著名数学家华罗庚，为中国数学的发展做出了无与伦比的贡献，他是中国解析数论、典型群、矩阵几何等多方面研究的创始人与开拓者，也是我国最早将数学理论研究与生产实践紧密结合的科学家。

《问鼎长天　强我国威——两弹元勋邓稼先》

邓稼先是我国著名科学家，参加组织和领导我国核武器的研究、设计工作，从对原子弹、氢弹原理的突破和试验成功及其武器化，到新的核武器的重大原理突破和研制试验，作出了重大贡献。是我国核武器理论研究工作的奠基者之一，被誉为"两弹元勋"。

《敢叫天堑变通途——桥梁专家茅以升》

中国著名的桥梁专家茅以升从小立志为祖国建造桥梁，经过不懈努力，他不仅设计建造了一座座宏伟壮观、坚固实用的道路桥梁，而且搭建了一座座友谊之桥，为祖国建设作出了卓越贡献。

《蘑菇云之梦——核物理学家钱三强》

被誉为"中国原子弹之父"的核物理学家钱三强，更名后立志于科技报国；24岁投师于世界著名核物理学家居里夫妇；与夫人何泽慧合作，发现铀的"三分裂""四分裂"现象；统领我国的原子大军，做了大量创造性工作。

《两离桑梓地　满怀雪域情——领导干部的楷模孔繁森》

孔繁森，是一位一尘不染、两袖清风的好干部。两次进藏工作，历时十载，为西藏的建设、发展和稳定作出了突出的贡献。1994年11月，孔繁森不幸以身殉职。人民群众称他为新时期领导干部的楷模。

《摘取数学皇冠上的明珠——著名数学家陈景润》

陈景润是享誉世界的数学家，为了证明"哥德巴赫猜想"，他以惊人的毅力在数学领域里艰苦跋涉，终于攻克了世界著名数学难题"哥德巴赫猜想"中的"1＋2"，创造了中国乃至世界数学史上的辉煌。

《学术独步　饮誉四海——享有国际威望的科学家卢嘉锡》

卢嘉锡是一位在国际科学界享有崇高威望的物理化学家、化学教育家和科技组织领导者。1945年，卢嘉锡满怀"科学救国"的热忱回到祖国，对中国原子簇化学的发展起了重要推动作用，他所指导的新技术晶体材料科学研究，也取得了重大成绩。

《德艺双馨　梨园楷模——著名豫剧表演艺术家常香玉》

常香玉1941年赴陕甘演出。1948年在西安创办香玉剧社。1951年为支援抗美援朝，率剧社巡回西北、中南、华南各地演出，以演出收入捐献"香玉剧社号"战斗机一架，素有"爱国艺人"之誉。

《文学大师　激流勇进——著名作家巴金》

本书以巴金生平和主要事迹为线索，回顾和展示现代著名作家巴金的一生，以期让人们看到巴金在这风云变幻的100多年中，有过成功的欢欣，有过屈辱的磨难，有过痛苦的忏悔，有过平静的安宁。巴金的人生，映照着一代中国五四知识分子坎坷而不平凡的命运。

《壮心系科学　孜孜为国昌——理论化学家唐敖庆》

本书讲述了唐敖庆从出国求学、学业有成、回国任教，到服从安排、艰苦工作、刻苦钻研，最终成为中国量子化学奠基者的过程。让人们看到了这位著名化学家的赤心爱国、严谨治学、大公无私的崇高品格和科研上的卓越成就。

《中国导弹之父——著名科学家钱学森》

当第一颗原子弹升空的时候，当中国的人造卫星奏响《东方红》的时候，当中国运载火箭腾空而起的时候，当中国研制的导弹准确命中目标的时候，人们都会想起他的名字：中国导弹之父钱学森。

《中国近代力学的奠基人——著名科学家钱伟长》

钱伟长曾以中文和历史两个100分的成绩考入清华大学。九一八事变后，钱伟长毅然放弃了文科的学习而转为理科。他是中国近代力学、应用数学的奠基人之一，在固体力学、流体力学以及航空航天领域，取

得了卓越的成就，为新中国的现代化建设付出了毕生的精力。

《中国光学科学的奠基人——著名科学家王大珩》

王大珩是我国著名的科学家、中国光学科学的奠基人。他先在清华就读，后赴英国求学，学业有成，立志科学救国，其成就享誉神州。他以科学的求是精神和赤诚的爱国情怀，探索着中国光学发展的闪光之路。